LICHTERLOH

MELISSA F. MILLER

Übersetzt von
ELKE WILL

BROWN STREET BOOKS

1

Trent saß mürrisch und missmutig da. Neben ihm trommelte der stellvertretende Bundesstaatsanwalt und rundum guter Kerl, mit den Fingerspitzen auf dem Lenkrad.

Ryan räusperte sich: »Es ist vorübergehend.«

Er stieß einen langen, lauten Atem aus. »Ich weiß. Nur ich ... Ryan, ich möchte lieber dazu stehen und kämpfen, als wegzulaufen und mich zu verstecken.«

»Kumpel, ich weiß. Ich verstehe das. Aber ich bin nicht sicher, dass DU die Situation begreifst, in der du dich befindest.« Ryan hielt an einer roten Ampel an und warf einen Blick auf ihn. »Tust du es denn?«

Trent hatte es durchaus kapiert. Und er wusste, dass Ryan recht hatte. Aber das bedeutete nicht, dass er davon begeistert war. Ryan blickte Trent eindringlich an und wartete auf eine Antwort.

»Ja, ja, tue ich. Es ist grün.«

Ryan nahm den Fuß von der Bremse und gab Gas. »Also, verstehst du, dass der zuständige Staatsanwalt eine Pressekonferenz einberufen hat und plant, eine Anklage gegen dich wegen Mordes an Konteradmiral Sampson bekanntzugeben?«

»Wir beide wissen, dass ich es nicht war.«

»Sicher, natürlich und niemand glaubt mehr an unser Justizsystem als ich. Unter normalen Umständen würde ich dir sagen, du sollst einen erstklassigen Strafverteidiger anheuern und die Staatsanwaltschaft fertigmachen.«

»Aber dies sind keine gewöhnlichen Umstände, weil das Verteidigungsministerium Druck auf den Staatsanwalt von Virginia ausübt, um mich an die Wand zu nageln. Ich bin immer noch unschuldig. Also?«

Ryan schüttelte den Kopf und bog in eine von Bäumen gesäumte Sackgasse ein. »Also, ein Freund, der im Büro des Staatsanwalts arbeitet, hat mir anvertraut, dass sie planen, dich nicht auf Kaution freizulassen.«

Trent zuckte mit den Schultern. »Und?«

Ryan fuhr in eine große Einfahrt und brachte das Auto zum Stillstand. Er drehte sich zu Trent um.

»Und ein Informant, der zurzeit Bewohner im Bezirksgefängnis ist, hat mir erzählt, dass man bereits ein Kopfgeld auf dich ausgesetzt hat. Sie wollen dich nicht einsperren, um vor Gericht auszusagen. Sie wollen dich einsperren, um dich zum Schweigen zu bringen. Verstehst du das? Permanent!«

Trents Kinnlade fiel herunter, drückte sie wieder zu und biss sich auf die Lippen. »Diesen Teil hattest du noch nicht erwähnt.«

»Ich hatte gehofft, es nicht tun zu müssen. Ich dachte, du würdest mir vertrauen, dass ich nur das Beste für dich will. Du weißt schon, dass ich dafür meinen Job verlieren könnte?«

Trent fühlte sich so klein mit Hut. Er blickte Ryan an.

»Danke, dass du dafür deinen Kopf hinhältst. Bitte entschuldige, ich benehme mich wie ein Arschloch.«

Ryan warf den Kopf zurück und lachte. »Entschuldigung angenommen. Jetzt gibt es da noch eine andere Sache, die ich dir nicht gesagt habe. Es geht um deine provisorische Unterkunft.«

Trent blickte auf das rote Backsteinhaus mit dem weißen Säulenvorbau und einer Garage mit Seiteneingang. »Sieht aus wie die Standardausgabe eines Vorstadthauses. Anonym, vermischt sich mit der Nachbarschaft. Klingt wie ein großartiger Ort, um sich zu verstecken. Also wo liegt das Problem?«

Ryan fuhr sich mit der Hand über den Mund und sagte dann: »Du wirst es mit jemandem anderen teilen. Es steht außer Frage, dass ich nicht in der Lage war, ein Team von U.S. Marshals und einen neutralen Ort in deinem Namen beantragen konnte. Nicht mit der Mordanklage, die du am Hals hast. Also habe ich ein Team gefunden, das mit Sicherheit das Geheimnis bewahrt.«

Er nickte in Richtung Haus.

»Ja, und? Muss ich mit einem Mafiaboss hausen? Ein Terrorist, der plötzlich kooperiert und Kronzeuge ist? Wer ist der Abschaum?«

»Olivia.«

Trent starrte Ryan mindestens eine volle Minute lang an. Als er die Worte wiederfand, hörte er durch das Ohrensausen seine eigene Stimme nicht mehr.

»Olivia? Die Olivia Santos?«

Ryan ergriff seine Schulter. »Genau die. Komm schon, es wird alles gut. Sie piesackt mich schon seit

Wochen, dass ich dir sagen soll, wo ich sie versteckt habe. So, jetzt weißt du's.«

Ryan verließ den Wagen und näherte sich einem großen, grauhaarigen, bebrillten Mann in Jeans und Golf-Shirt, der am Haus entlang herbeigelaufen kam. Zweifellos ein Teil des Teams, das zum Schutz von Olivia abgestellt wurde.

Trent saß wie angewurzelt im Auto und versuchte, sich einen Reim auf das zu machen, was ihm Ryan gerade erzählt hatte. Dass er des Mordes angeklagt wurde, war schon ein Schlag, den kaum ein normaler Mensch verkraften würde. Aber was ihn anbelangte, so war Olivia der eigentliche Knalleffekt.

Olivia, die ihm einen flüchtigen Blick auf Geborgenheit und Glück- auf das Leben selbst - gegeben hatte und dann alles zunichtemachte, weil sie unbedingt die Heldin spielen wollte. Olivia, die ein schmutziges Netz korrupter Politiker aufgedeckt hatte, und plötzlich, ohne ein Wort von der Bildfläche verschwunden ist. Olivia, die jede Nacht seine Träume, aber nicht sein Bett am Morgen füllte.

Er zwang sich, die Autotür zu öffnen und in Richtung Haus zu schlendern. Seine Beine waren wie Blei und seine Brust ein eiserner Käfig. Am liebsten hätte er Ryan gebeten, alles abzublasen. Er würde es vorziehen, mit einem messerschwingenden Zellengenossen im Bezirksgefängnis einzusitzen, als mit Olivia Santos in einem biederen Einfamilienhaus mit vier Schlafzimmern zu verbringen.

O livia schob den Vorhang zurück und eilte aus dem Wohnzimmer auf die Treppe und schnurstracks in ihr Schlafzimmer hinein. Deputy Marshal Nicole Reese stellte sich ihr in den Weg.

»Willst du nicht hierbleiben und deinem neuen Mitbewohner Hallo sagen?«

Von der Neigung des Kopfes des stellvertretenden Marshals und dem Halblächeln, das verdächtig wie ein Grinsen aussah, hatte Olivia das Gefühl, Ryan habe ihrem Bodyguard über ihre Geschichte mit Trent erzählt.

»Ähem, später. Ich bin irgendwie schläfrig.« Sie streckte die Arme aus und gähnte übertrieben.

Nicole schaute sie argwöhnisch an. »Es ist vierzehn Uhr dreißig.«

»Oh. Dann sollte ich vielleicht joggen gehen. Meinen Blutkreislauf in Gang bringen, weißt du?«

»Das ist eine gute Idee. Du solltest den neuen Mitbewohner einladen. Zum Kennenlernen.«

Olivia verzog das Gesicht. »Du weißt doch mit Sicherheit, dass ich ihn kenne. Also, was immer du sagen willst, spuck es aus.«

Sie würde den Deputy Marshal nicht unbedingt als eine Freundin bezeichnen. Aber sie war die Person, die Olivia in ihrer aktuellen Situation am nächsten stand. Und sie lebten schon seit über einem Monat zusammen. Also teilten sie eine gewisse Vertrautheit. Nicht so, wie der steife, förmliche Deputy Marshal Dane Michaels, der in den ganzen siebenunddreißig Tagen, in denen sie zusammen waren, ein einziges gezwungenes Lächeln hervorgebracht hatte.

Nicoles Gesicht entspannte sich. »Also gut. Ryan hat mir erzählt, dass du mit Trent Mann involviert warst. Natürlich kenne ich nicht die Details, aber du machst es für dich selbst nur noch schlimmer, wenn du so kratzbürstig handelst. Keiner von euch beiden hat die Wahl, hier zu sein. Du könntest versuchen, die Situation so stressfrei wie möglich zu machen.«

Sie seufzte. Nicole hatte recht. »Ja, stimmt.«

Sie drehte sich um, setzte ein Lächeln auf und ignorierte ihren Puls, der wie ein gefangener Vogel gegen ihre Kehle pochte.

»Braves Mädchen!«

»Warum ist er eigentlich hier?«

Nicole blickte sie von der Seite an. »Hat dir Hayes nichts davon erzählt?«

»Er sagte, Trent müsse für eine Weile verschwinden, es sei eine Frage von Leben und Tod, und es gebe keinen anderen Ort, an den er gehen könne. Ich dachte, Ryan würde übertreiben, daher habe ich nichts dagegen eingewendet.«

»Ich glaube nicht, dass der stellvertretende Bundesstaatsanwalt Hayes übertreibt. Das tut er nie. Dein Freund hier steht kurz davor, wegen Mordes angeklagt zu werden. Der zuständige Staatsanwalt wird die Haft bis zum Prozess beantragen. Und es hat sich bereits über den Flurfunk im Knast herumgesprochen: Es gibt eine satte Viertelmillion für denjenigen, der ihn ausschaltet.«

Ein eiskalter Schauer lief Olivias Rücken hinunter. Gänsehaut machte sich auf ihren Armen breit. »Man hat ein Kopfgeld auf ihn ausgesetzt?«

»Ja.«

Jemand wünschte sich Trents Tod so sehr, dass er bereit war, zweihundertfünfzigtausend Dollar dafür zu zahlen? Ihr wurde schwindlig. Sie hatte alles geopfert, um ihn zu beschützen. Sie hatte die Chance aufgegeben, dass sie eine richtige Beziehung zusammen haben könnten. Alles war umsonst gewesen.

Ihr Lächeln zerfiel und verblasste. Ihr Magen rutschte ihr in die Knie. Ihre Kehle schnürte sich zu. Sie hatte nichts erreicht. Sie hatte ihre Chance, glücklich zu sein, verspielt. Und jetzt würde Trent sie hassen.

»Kopf hoch, Santos«, flüsterte Nicole, als sich die Tür öffnete und Dane und Ryan ins Haus kamen. Trent folgte einen halben Schritt dahinter.

Er schritt mit gebeugtem Kopf ins Haus und studierte den Boden, als ob er alte Geheimnisse verbergen würde. Als er sein Gesicht anhob und sie ansah, stockte ihr Atem. Sein Gesicht war eine Steinmaske, aber seine Augen blitzten Verrat und Schmerz. In einem Wimpernschlag war der Schmerz verschwunden - so schnell, dass sie sicher war, dass sie es sich eingebildet hatte.

Er blickte in Richtung Nicole und lächelte. »Hallo. Ich bin Trent. Sie müssen Deputy Marshal Reese sein.«

Sie trat vor und schüttelte ihm die Hand. »Nennen Sie mich Nicole. Und, äh, Sie kennen Olivia.«

Er nickte. »Olivia.« Seine Stimme war kalt.

Sie schluckte. »Trent.«

Er starrte sie eine halbe Sekunde an, wandte sich dann an Dane und rückte den Schulterriemen seiner Tasche zurecht. »Zeigen Sie mir, wo ich mich verkriechen soll?«

Als Dane Trent nach oben führte, gab Ryan Olivia einen beruhigenden Händedruck. »Er taut schon wieder auf. Gib ihm einfach etwas Zeit.«

Sie nickte stumm.

Nicole hob eine Augenbraue an. »Das wäre ratsam. Dieses Haus ist nicht besonders groß.«

Ryan zuckte die Achseln. »Das ist teilweise meine Schuld. Ich ... hatte ihm nicht gesagt, dass du hier sein würdest, Olivia.«

Olivia schoss ihm einen Blick zu. »Was? Ryan—«

»Er ist störrisch wie ein Maultier. Es hat eine Ewigkeit gedauert, ihn davon zu überzeugen, sich verstecken zu lassen. Ich dachte, wenn er gewusst hätte, dass du hier bist, wäre er erst gar nicht mitgekommen.«

»So sehr hasst er mich?« Ihre leise, zittrige Stimme ließ sie erschaudern.

Ryan wippte mit den Füßen, dann hüstelte er. »Äh, ich glaube, du hast ihm das Herz gebrochen, Liv.«

Stille brach über den Korridor herein. Das Flüstern männlicher Stimmen driftete von oben

ane Trent das Haus zeigte. Olivia
der dem Deputy Marshal einen
arf.

lte den Kopf. »Nun, das familiäre
nt interessant zu werden.«

2

Der U.S.-Marshal verweilte an der Tür, während Trent sich im luftigen Schlafzimmer umsah. Es war die Standardausgabe eines Vorstadt-Gästezimmers mit neutraler Wandfarbe, neutraler Bettwäsche, neutraler gehts nicht.

»Alles in Ordnung?«, fragte Dane.

»Ja.« Trent hatte nicht vor, lange zu bleiben. Die Unterkünfte machten für ihn keinen Unterschied. Er warf seine Tasche aufs Bett und ging zum Fenster. Er drehte die Lamellen der Jalousien, um auf den mit Bäumen gesäumten Hinterhof zu schauen. Er bemerkte, dass er die Nachbarn nicht sehen konnte, was bedeutete, dass die Nachbarn sie nicht sehen konnten. Gut.

Er blickte über seine Schulter. Dane stand immer noch da, halb im Raum, halb im Flur.

»Danke.« Er versuchte, den Polizisten loszuwerden, ohne ihn zu kränken.

»Oh, ja, sicher. Lassen Sie mich wissen, wenn Sie etwas brauchen. Ich dachte, ich gehe rüber zum Lebensmittelladen und hole ein paar Steaks. Klingt gut, oder?«

Trent zuckte mit den Schultern. »Sicher.« Wieso sollten Steaks *nicht* gut klingen?«

»Gut. Es wird Zeit, dass wir ein wenig Testosteron in diesen Laden bringen, ich hab langsam die Nase voll von Salat.«

Dane lachte und Trent zog die Stirn in Falten. Er war nicht daran interessiert, mit diesem Typ den Höhlenmenschen zu spielen. Wenn Dane ein Problem mit seiner weiblichen Kollegin hatte, wollte Trent nichts davon hören. Wenn er dachte, dass er sich mit ihm kurzschließen könnte, indem er sich über die Frauen lustig machte, lag er falsch. Und wenn er versuchte, herauszufinden, wie Trent über Olivia dachte, wäre er enttäuscht.

Trent starrte ihn für einen Moment ausdruckslos an. »Salat passt gut zu Steak. Ausgewogene Ernährung und der ganze Krempel.«

Dane hatte endlich den Wink mit dem

Zaunpfahl verstanden und ging. Trent packte methodisch die Handvoll Kleidung aus, die er wahllos geschnappt hatte, während Ryan vor seiner Wohnung mit dem Motor im Leerlauf wartete. Er legte sie fein säuberlich in die Schubladen. Dann öffnet er den Schrank, stellte seine Schuhe auf den Boden und hing seine Jacke auf. Ein Jahrzehnt militärischer Disziplin sorgte dafür, dass er schnell und effizient auspackte. Er entfernte die kleine, schwere tragbare Pistole sicher von der Unterseite seines Seesacks und schob sie in die Schrankecke.

Gerade als er im Badezimmer war und sein Rasierzeug auf die Ablage über dem Waschbecken legte, hörte er ein leises Klopfen an der Schlafzimmertür. Er streckte den Kopf heraus und schrie: »Herein.«

Er dachte schon, es wäre Dane, um seine Meinung über Bratkartoffeln gegenüber dem Damenessen, wie Quinoa zu erfragen. Doch stattdessen kam Olivias herzförmiges Gesicht ins Blickfeld.

»Ich gehe laufen. Hast du etwas dagegen, mir Gesellschaft zu leisten?« Ihre Stimme war kühl, aber freundlich.

Er trat aus dem Badezimmer, klammerte sich noch immer an seine Zahnpasta und begutachtete sie. »Laufen, was? Das kannst du am besten, denke ich.«

Sie zwinkerte und fixierte ihn mit diesen ozeanblauen Augen, so tief, dass er Angst hatte, darin zu ertrinken. »Das ist unfair.«

»Tatsächlich? Ich erinnere mich, dass du mir gesagt hast, du würdest auf mich warten, um Carlas Rechnung zu begleichen. Du hast mich glauben lassen, dass du da sein würdest. Und stattdessen bist du abgezischt.«

Sie schloss die Augen für einen langen Moment und presste die Lippen zusammen. Ihre Nasenlöcher blähten auf, während sie versuchte, ihr Temperament zu zügeln. Er lehnte sich an den Türrahmen des Badezimmers und beobachtete, wie sie um ihre Kontrolle kämpfte. Als sie die Augen öffnete, setzte sie eine klare und neutrale Miene auf.

»Ich verstehe, dass du verletzt, wütend oder enttäuscht bist oder alles zusammen. Aber es ist nicht so, dass ich verschwunden bin, weil ich nicht bereit war, mich zu binden. Als ich erkannte, dass Carlas Ermordung und das Bestechungsprogramm von Qīng Líng miteinander verbunden waren, bin ich zu Ryan gegangen, um dich zu schützen – um dich herauszuhalten«, sagte sie mit vorsichtiger, sanfter Stimme.

Er ließ ein bitteres Lachen los. »Das ist doch lächerlich. Wie oft hast du mir gesagt, dass du meinen Schutz nicht brauchst? Was gibt dir Grund zur Annahme, dass ich deinen brauche?«

Sie blickte ihn sanft an. »Trent. bitte nicht.«

»Nein. Antworte mir. Habe ich dich gebeten, das für mich zu erledigen?«

Sie seufzte. »Nein, das hast du nicht. Ich habe es trotzdem getan. Wenn du mir das nicht verzeihen kannst, dann wird diese vorübergehende Situation des Zusammenlebens ziemlich unangenehm werden. Aber ich bereue nicht, was ich getan habe.«

Er biss die Zähne zusammen und starrte sie an. »Du solltest es aber«, spuckte er schließlich aus.

»Nun, das tue ich nicht. Die Beteiligung von Senator Townes hat alles verändert. Dieses Ding ist hässlich, schmutzig und hat überall seine Fühler ausgefahren.«

Er schüttelte den Kopf zum Zeichen, dass er ihre Erklärung nicht akzeptiert.

Sie fuhr fort, bevor er antworten konnte. »Es tut mir *echt* leid, dass du zur Zielscheibe geworden bist. Ich habe gehört, dass sie versuchen, dir Sampsons Tod anzuhängen.«

Er knirschte noch immer mit den Zähnen und starrte sie hart an, um sich selbst daran zu erinnern, dass er wütend war. Es war eine Erinnerung, die er brauchte, weil ihre Anwesenheit im Raum gerade dabei war, seine rechtschaffene Wut zu schmelzen. Nach einer langen Pause erkannte er, dass sie immer noch auf eine Antwort wartete.

»Ja. Ryan wird das schon richtig stellen. Es gibt nur einen erschwerenden Faktor – deshalb muss ich mich für eine Weile verkriechen.«

»Ein erschwerender Faktor. Hat man deshalb ein Kopfgeld auf dich ausgesetzt?«

»Hat dir das Ryan erzählt?«

»Nein, Nicole Reese. Was glaubst du–?«

Er unterbrach sie. »Ich weiß es nicht. Deswegen mache ich mir keine Sorgen.« Das letzte, was er brauchte, war, dass sie versuchte, ein weiteres Problem zu beheben, das nicht behoben werden musste.

Sie zuckte mit den Schultern. »Wie bereits gesagt, ich gehe jetzt laufen. Wenn du mitkommen willst, ich gehe in fünf Minuten. Wenn du hier sitzen und darüber grübeln willst, wie sehr du mich hasst, nur zu.« Sie drehte sich um und wollte gehen.

»Olivia.«

Sie stoppte an der Tür und blickte über ihre Schulter. »Ja?«

»Ich hasse dich nicht. Ich hasse dich absolut

nicht.« Seine Stimme war voller Emotionen, und sein Puls schlug ihm bis in den Nacken.

Ihre Lippen verzogen sich zu einem Lächeln. »Freut mich zu hören.«

Sie ging hinaus und drückte die Tür bis auf einen kleinen Spalt zu. Aber vielleicht war es genau dieser Spalt, den sie brauchten, um den Abstand zwischen ihnen zu schließen.

Als ihre Schritte im Flur verhallten, ging er ins Badezimmer zurück, um die nun völlig verformte und heiße Zahnpastatube ins Waschbecken zu werfen. Er hatte sie offenbar als Stressball benutzt und zerquetscht, während er mit Olivia sprach. Er fuhr sich mit der Hand durch die Haare und ging zum Schrank, um seine Laufschuhe und seine Handfeuerwaffe zu holen.

Als er die Stufen hinunterjoggte, sah er Olivia und Nicole Reese in der Küche stehen. Der Marshal blickte beim Geräusch seiner Schritte auf. Sie griff nach einer Wasserflasche auf der Kücheninsel und warf sie ihm zu. »Freut mich, dass Sie sich entschlossen haben, mitzulaufen.«

Er fing die Flasche aus der Luft. »Wieso?«

»Weil ich Sie sonst dazu gezwungen hätte.«

»Mich gezwungen?« Er betrachtete sie argwöhnisch.

»Ja, Dane hat beschlossen ins Lebensmittelgeschäft zu gehen. Er ist gegangen, noch bevor ich die Gelegenheit hatte, ihm zu sagen, dass ich und Olivia hinausgehen. Das Protokoll schreibt vor, dass niemand allein im Haus bleiben darf, also entweder hätte sie bleiben müssen oder aber Sie würden mitkommen. Ich kenne Sie noch nicht gut, aber ich weiß mittlerweile, wie hartnäckig *sie* ist. Also Sie wären so oder so mitgekommen.« Sie warf ihren Kopf in Olivias Richtung.

Olivia lächelte unschuldig. »Es gibt einen Park auf der anderen Seite der Sackgasse. Er hat einen See und einen befestigten Weg. Es ist schön dort.«

Sie ging zur Tür und er folgte ihr. Der Marshal stellte das Sicherheitssystem ein und ging hinter ihnen her in den Hinterhof. »Sie hat vergessen, den Teil über die steilen Hügel zu erwähnen.«

Trent bewegte den Kopf hin und her. »Lauf voran.«

3

Olivia konzentrierte sich auf das Schlagen ihrer Schuhe gegen den Asphalt, die warme Frühlingsbrise im Gesicht und das Vogelgezwitscher der Waldsänger in den Bäumen – alles nur, um sie von dem Mann an ihrer Seite abzulenken.

Es funktionierte nicht. Sie war sich seiner Anwesenheit mehr als nur bewusst. Seiner gleichmäßigen Atmung, seinem starken Rücken und seinen Schultern, seinem anmutigen Schritt. Als sie einen Hügel hinaufliefen, wagte sie einen kleinen Blick nach rechts und studierte sein Profil, während er sich den blauen See ansah. Als ob er es gemerkt hätte, drehte er sich zu ihr um und die Sonne beleuchtete die goldenen Flecken in seinen

Haselnussaugen. Gütiger Gott, war dieser Mann schön.

Sie stolperte über ihre losen Schnürsenkel und flog nach vorn.

Er streckte einen Arm aus, packte sie an der Taille und zog sie zu sich, noch bevor sie auf den Boden fiel. »Ruhig, Tiger.«

»Ähem, danke. Ich habe meinen Halt verloren.«

Er ließ ihre Taille los und nickte. »Die Aussicht hat mich abgelenkt. Atemberaubend, aber ablenkend.«

Die Aussicht – das war es, was sie abgelenkt hatte. Aber klar.

»Mein Schnürsenkel hat sich gelockert«, antwortete sie beiläufig, während sie sich bückte, um den Schuh zuzubinden und um ihr erhitztes Gesicht zu verbergen.

Er warf einen Blick zurück auf Nicole, die etwa zweihundert Meter hinter ihnen joggte und erst jetzt den Hügel hinauf lief. »Deine Marshal-Freundin scheint nicht gerade in tipptopp-Form zu sein.«

»Sie gibt uns absichtlich etwas Spielraum, denke ich. Letzte Woche hat sie mich abgehängt – und ich bin immerhin eineinhalb Kilometer in sechs Minuten gelaufen«, sagte sie zu ihrem Schuh.

Er wartete, bis sie aufgestanden war, dann

schüttelte er den Kopf und studierte ihr Gesicht. »Brauchen wir Spielraum?«

»Ich möchte ein paar Dinge zwischen uns richtig stellen. Komm, lass uns laufen und reden.« Sie musste ein paar Worte loswerden und es wäre einfacher, es zu tun, während sie sich in Bewegung befanden.

»Eineinhalb Kilometer in sechs Minuten, was?« Er grinste und sprintete voraus.

Sie murmelte etwas in ihren Bart und beschleunigte, um ihn einzuholen. Endlich war sie auf seiner Höhe angekommen und passte sich seinem Tempo an.

»Ich wollte dir nicht wehtun.«

»Das sagtest du bereits.«

Sie suchte nach einer Möglichkeit, es ihm zu erklären, während sie um eine Kurve bogen. »Ich habe schon immer den Job an erste Stelle gesetzt. Und bevor du sagst, dass ich keinen Job mehr habe ... Ich muss das Ding mit Senator Anglin und Qīng Líng zu Ende bringen. Das verstehst du doch, oder?«

Er runzelte die Stirn. »Sicher. Genauso wie ich *mein* Ding zu Ende bringen muss – Carlas Ermordung, Lloyd Sampsons vorgetäuschter Selbstmord, die Boko-Haram-Verbindung. Aber das erklärt nicht, warum du plötzlich abgetaucht bist.«

»Ich habe es dir gesagt. Es ist alles miteinander verbunden. Ich weiß es. Und es gibt keinen Grund, dass wir uns beide mit den Folgen beschäftigen sollten. Ich war schon einmal eine Zielscheibe, also bin ich die logische Wahl.«

Er lief näher an sie heran und packte ihren Arm, knapp über dem Ellenbogen. »Sekunde.«

Sie stoppte und wandte sich ihm zu. »Ja?«

Er pustete, aber nicht aus Anstrengung, sondern aus Frustration. »Zunächst einmal hat dein Plan nicht funktioniert. Ich war *auch* schon einmal eine Zielscheibe, erinnerst du dich nicht? Und, was noch wichtiger ist, ich dachte, wir würden das Ding *zusammen* durchziehen. Aber du hast das selbst in die Hand genommen und wolltest alles im Alleingang machen. Du bist genauso wie–«

Er klemmte den Mund zu. Aber sie wusste, was er sagen wollte.

»Genauso wie Carla?«, fragte sie leise.

Schmerzen loderten in seinem Gesicht. Nach einem langen Moment sagte er: »Bist du es nicht?«

Aber dies war anders.

Oder etwa nicht?

Während sie verzweifelt um erklärende Worte suchte, bebte der Boden unter ihren Füßen. Unmittelbar – noch bevor sich der Gedanke *materialisierte* – warf sie sich ins Gebüsch neben dem Pfad. Trent, dessen Muskelgedächtnis sich zu gleichen Zeit in Gang gesetzt hatte, rollte über den Rasen und landete neben ihr.

Eine gewaltige Explosion erfüllte die Luft und Vögel schwärmten erschreckt aus den Bäumen. Autoalarmanlagen heulten und schrillten. Und dann war plötzlich alles still.

Sie lagen im Gebüsch, schwiegen und warteten auf eine mögliche weitere Detonation, während sich ihr rasender Puls verlangsamte und sie wieder Luft holten. Olivia zog sich auf ihre Ellbogen und neigte den Kopf.

»Es kam aus dem Südosten, oder?«, flüsterte sie.

Er nickte. »Aus der Siedlung.«

Sie warteten einen weiteren Moment. Keine Detonationen, keine Sirenen. Dann standen sie vorsichtig auf, während Nicole Reese blitzschnell den Hügel hinaufrannte.

»Alles in Ordnung bei euch?«, rief sie, als sie sich mit gezogener Waffe näherte.

»Ja und bei dir?« Olivia lächelte, um sie zu beruhigen.

»Prima.« Sie kam neben ihnen zum Stehen. »Das hörte sich an wie eine Bombe, nicht wahr?«

Olivia drehte sich zu Trent um. Er war derjenige mit Erfahrung in einem Kriegsgebiet.

Er nickte. »Eine Brandvorrichtung irgendeiner Art. Ich denke, es kam aus der Sackgasse oder einer der Straßen zwischen hier und da. Vielleicht ist irgendwo ein Benzintank explodiert?«

Im stillen Einvernehmen liefen sie schnell den Hügel hinunter. Der Marshal steckte die Waffe wieder ins Holster. Als sie den Tiefpunkt erreicht hatten, sahen sie Flammen und schwarze Rauchschwaden hinter einer Baumansammlung aufsteigen.

Olivias Puls beschleunigte sich wieder einen Tick. »Das ist definitiv die Sackgasse.«

Nicole fummelte nach ihrem Handy und suchte in ihrer Kontaktliste.

Nach einem Moment gab sie Anweisungen. »Dane, ruf mich an, wenn du das bekommst. Es hat eine Störung in der Nähe des Hauses gegeben. Wenn du noch im Laden bist, gehe nicht zum Haus zurück, bis ich die Lage einschätzen kann.«

Sie überquerten den Fußballplatz und tauchten auf der Straße auf, die mit der Sackgasse verbunden war. Der scharfe Geruch von Feuer erfüllte Olivias Nase, und sie bedeckte ihr Gesicht mit ihrem Ärmel. Dunkler Rauch hing tief am Himmel. Als sie die

Sackgasse erreichten, flatterte Asche wie Schnee auf sie herab.

Ihr geheimer Unterschlupf brannte lichterloh und war in rot-orangefarbenen Flammen versunken; sie schossen aus den Frontfenstern und dem Dach. Ein Haufen Nachbarn hatte sich versammelt und hielt Maulaffen feil bei der Zerstörung auf der anderen Straßenseite. Es war, als ob sie gegen eine Wand mit unsichtbarer Hitze ankämpfte. Olivia blieb stehen und starrte auf das brennende Haus.

»Das Auto ist nicht da. Gott sei Dank, Dane ist noch nicht zurückgekommen.« Nicoles Stimme krächzte mit Erleichterung bei der Bestätigung, dass sich ihr Kollege nicht im Gebäude befand.

Olivia warf einen seitlichen Blick auf Trent, der fast unmerklich nickte.

Sie räusperte sich. »Ich glaube, dass du die einzige mit einem Telefon bist, Nicole. Willst du nicht den Notruf wählen?«

»Ich bin mir sicher, dass das einer der Gaffer bereits getan hat. Ich schaue mich mal in der Umgebung um. Wem auch immer wir das hier zu verdanken haben, hat womöglich versucht, in der Menge unterzutauchen. Ihr beide bleibt, wo ihr seid.« Sie gestikulierte zu einer niedrigen Steinwand.

»Verstanden.«

Olivia und Trent verkrochen sich an der Wand, während der Marshal zum Haus rannte. Kaum war sie außer Hörweite, beugte sich Olivia zu Trent vor und sagte: »Meinst du nicht auch, dass es nicht unbedingt ein glücklicher Zufall ist, dass gerade zum Zeitpunkt des *Geschehens* Dane Michaels zum Lebensmittelgeschäft gefahren ist?«

»Absolut nicht«, flüsterte er. »Es *ist* in der Tat ein Glück, dass du Joggen gehen wolltest, gleich nachdem er weg war.«

Sie biss sich auf die Unterlippe und versuchte, nicht darüber nachzudenken, wie nahe sie dem Tode gekommen waren. »Sobald er die Nachricht abhört, weiß er, dass wir überlebt haben. Das bedeutet also ...«

»Das bedeutet, dass wir von hier verschwinden müssen. Sofort.«

Sie warfen einen Blick in Richtung Nicole, um sich zu entscheiden.

Die Frau war solide, dessen war sich Olivia sicher. Aber es würde etwas Überzeugungskraft erfordern, ihr klarzumachen, dass sie von ihrem Kollegen hereingelegt worden waren. Und sie würde darauf bestehen, die Angelegenheit ordnungsgemäß über ihre Hierarchie abwickeln zu lassen, das Ganze dem Justizministerium zu melden und einen anderen so genannten sicheren Unterschlupf erhalten. So viel Zeit hatten sie nicht.

Sie nickte. »Okay. Zwei Blöcke weiter gibt es eine U-Bahn-Station. Lass uns abhauen.«

Sie standen auf und schlichen sich zum Ende der Straße, behielten jedoch die Augen auf dem Marshal, bis sie, mit dem Telefon in der Hand, den Hinterhof des immer noch brennenden Hauses erreicht hatte.

»Jetzt!«, sagte Trent.

Sie drehten sich um und rannten, während die Sirenen der Feuerwehr immer näher kamen.

4

Trent zog Olivia durch den Eingang zur U-Bahn-Station. Sie drückten sich an der gewölbten Wand entlang, abseits des Passantenstroms, um Luft zu holen und ihren nächsten Schritt zu planen. Er betrachtete die Gesichter der Passagiere – gelangweilt, gehetzt, müde. Niemand zeigte Interesse an einem Mann und eine Frau in Joggingkleidung.

Noch nicht, warnte sein innerer Realist.

Olivia drehte den Kopf in Richtung Trent. »Bist du bewaffnet?«

»Natürlich. Du?«

»Auch.« Sie klopfte an ihre Hüfte. »Ich bin zum verdeckten Tragen einer Waffe im Bezirk eingetragen. Du nicht?«

»Nein. Willst du nach D.C. gehen?«

»Ich möchte etwas im Staatsarchiv nachsehen. Außerdem müssen wir mit Ryan reden. Wir können die ›Orange Line‹ nehmen, im Archiv stöbern und dann vor dem Gebäude auf ihn warten.«

»Du weißt doch gar nicht, ob er ins Büro zurückgefahren ist. Vielleicht ist er bei Gericht. Oder auf dem Rückweg hierher. Ich bin mir sicher, dass ihn Marshal Reese bereits angerufen hat.«

Ihre Nasenlöcher flatterten. »Hast du eine bessere Idee?«

»Ich bin deiner Meinung, dass wir Ryan benachrichtigen müssen. Aber D.C. ist voll mit Polizisten und die U.S. Marshals werden bereits nach uns suchen.«

»Also was schlägst du vor?«

»Wir können Ryan nicht direkt kontaktieren, aber wir könnten einen Mittelsmann benutzen.«

»Wen? Nicht Jake. Das wäre riskanter als vor dem Hauptquartier des Justizministeriums herumzulungern. Wer auch immer uns den Tod wünscht, wird Potomac im Auge behalten.«

Nicht uns, mich.

Das Haus ist erst nach seiner Ankunft explodiert. Wer immer sie sind, sie hatten ihn im Visier, nicht sie. Er wollte es erst aussprechen, aber es war eine Tatsache, dass sie jetzt beide in die Angelegenheit verwickelt waren, ob er es wollte oder nicht.

»Nicht Jake«, stimmte er zu.

»Marielle oder Omar auch nicht«, fuhr sie fort.

»Richtig.«

Freunde zu haben, die für die CIA oder DEA arbeiten, konnte u.U. praktisch sein, aber nicht, wenn man auf der Flucht vor der Regierung war.

Sie hob frustriert die Hände in die Luft. »Himmel, wen dann, Trent? Habe ich jemanden vergessen?«

»Zwei Personen. Wir rufen deine Cousine an und bitten sie, Omars Schwester zu kontaktieren.«

»Chelsea? Sie ist Fluss-Ausrüster und Tourenführer. Außerdem kennt sie Leilah Khan doch gar nicht.«

»Das ist der springende Punkt. Niemand würde erwarten, dass wir Ryan über die zwei eine Nachricht übermitteln. Wenn sie das herausgefunden haben, werden sie sich auf Jake, Marielle und Omar konzentrieren, aber nicht auf Chelsea und Leilah. Du rufst Chelsea an und erzählst ihr, was sie Leilah sagen soll. Leilah kann mit Ryan sprechen, ohne einen Verdacht zu erwecken.

Sie zog ihre Lippe zwischen die Zähne. »Ich will Chelsea nicht darin verwickeln. Warum setzen wir uns nicht direkt mit Leilah in Verbindung?«

Er spreizte beide Hände. »Schau mal, wir wissen nicht, wie tief die Angelegenheit geht. Zwei Vermittler sind sicherer als einer.«

Sie nickte ihre zögerliche Zustimmung. »Ich glaube, du hast recht. Aber ich mag es trotzdem nicht.«

»Ich mag gar nichts davon, Olivia«, sagte er zu ihr und versuchte, einfühlsam zu wirken.

»Außer deiner Waffe, was hast du bei dir?«

Er drehte die Innentaschen der Jogginghose nach außen. »Nichts. Meine Geldbörse ist im Zimmer und aus erklärlichen Gründen habe ich nicht mein Handy mitgebracht.«

Sie nickte. »Ich habe zweihundert Dollar in bar, aber das ist auch schon alles. Kein Ausweis, kein Telefon.«

»Du nimmst zweihundert Dollar mit zum Joggen?«

»Hab ich.«

»Wieso? Ist dass die CIA-SOP?«

Sie starrte ihn ganz, ganz lange mit leerem Blick an, bevor sie den Kopf schüttelte und antwortete:

»Nein, das ist die SVW, Olivia Santos Standardvorgehensweise.«

»Das ist gut. Wir können ein Wegwerf-Handy kaufen, um deine Cousine anzurufen. Aber das mit dem Geld ist schon eine komische Angewohnheit, findest du nicht?«

Ihre Wimpern flatterten und sie blickte auf die sechseckigen roten Bodenfliesen. Dann hob sie ihr Kinn an und antwortete trotzig:

»Mateo hatte die komische Angewohnheit, mich an den verschiedensten Orten in Mexikostadt sitzenzulassen. Ganz gleich, ob wir auf einer Botschaftsparty oder mit anderen Ehepaaren beim Abendessen waren, sobald ich mich umdrehte, war er plötzlich weg. Beim ersten Mal hatte ich weder ein Auto noch Bargeld bei mir, da schwor ich mir, dass es auch das letzte Mal gewesen war.«

Ihr ganzer Körper bebte vor Wut. Er ballte die Faust und unterdrückte ein leises Knurren. Olivias Ex-Ehemann hatte Glück, dass er über dreitausend Meilen entfernt war. Die Misshandlung, die sie ertragen hatte – die sie aufgrund der CIA erdulden musste – zehrte an ihm und es dürstete ihn nach Rache.

Sie neigte den Kopf, um ihm ins Auge zu sehen,

als ob sie seine Gedanken lesen könnte. »Es ist vorbei, Trent.«

»Wo ist er denn hingegangen? Wenn er dich sitzen ließ?«

Sie zog eine Augenbraue hoch. »Eine seiner Maitressen besuchen, nehme ich an. Ehrlich, das ist Vergangenheit. Ich bin froh, dass ich endlich von ihm befreit bin.«

Gerade, als er sich schwören wollte, diesen Mann trotzdem dafür zahlen zu lassen, legte sie ihre Arm um seinen Hals und streichelte seine Wange. Für eine Sekunde lang blieb er wie angewurzelt stehen. Dann fanden seine Hände die Kurven ihrer Hüfte und blieben dort liegen, als wären sie zu Hause. Er zog sie an sich und drückte ihren Körper gegen seinen. Sie passten zusammen wie die Faust aufs Auge. Verknüpft, vollendet.

Sie drückte ihren warmen Mund gegen sein Ohr. Ein leises Seufzen entwich seiner Kehle. Dann flüsterte sie: »Wir haben Gesellschaft. Um neun Uhr.«

Sein gesteigertes Verlangen kühlte sich plötzlich ab. Er drehte leicht den Kopf, sah über ihre Schulter in Richtung Eingang. Vier U.S.-Marshals rannten durch die Lobby. Ihre Füße stampften rhythmisch gegen die Bodenfliesen und ihre blauen Windjacken mit den gelben Leuchtbuchstaben ›U.S. Marshal‹ auf dem Rücken, flatterten hinterher. Sie verteilten sich – zwei nach links und zwei nach rechts – und donnerten an dem sich umarmenden Paar vorbei, ohne sie näher zu betrachten.

Als die Marshals über das Drehkreuz gesprungen waren, schüttelte Trent seine Verwirrung ab und packte Olivia am Handgelenk. »Komm schon.«

Er zog sie durch die verglaste Lobby zurück, aus der Station heraus und auf den Bürgersteig. Sie rannten um die Ecke zum Parkplatz der Station. Er überflog die große, gepflasterte Fläche, bis er ein Buswartehäuschen entdeckte. Er raste schnurstracks darauf zu.

»Du willst den Bus nehmen?«, keuchte Olivia neben ihm her.

»Nein. Aber hier gibt es eine Menge Taxis, die Passagiere zum Flughafen mitnehmen.«

»Taxis? Wie alt bist du eigentlich?«, frotzelte sie.

»Ha, ha. Nicht jeder benutzt diese Mitfahr-Apps, weißt du. Insbesondere, wenn du nicht verfolgt werden willst.«

»Ich hasse es, dich zu unterbrechen, aber ein Taxi hat auch ein Fahrtenbuch.«

»Ah, aber nicht, wenn wir ein Jitney nehmen.«

Sie runzelte die Stirn. »Ein was?«

»Ein Jitney—das ist ein nicht angemeldetes Piratentaxi. Einfach ein privates Auto, dass du mieten kannst, um dich zu deinem Zielort zu bringen. Für Bargeld.«

Das brachte ihm ein bewundertes Kopfnicken ein. »Glaubst du, das so ein Ding hier herumfährt?«

»Ja, natürlich. Der Fahrpreis zum Flughafen ist ganz schön happig.«

Gesagt, getan, als sie sich der Bushaltestelle näherten, standen mehrere Limousinen älteren Baujahrs eine Reihe hinter den offiziellen Taxis und der Autos mit Mitfahrgelegenheiten. Trent schlenderte zu einem goldenen Chrysler, dessen Besitzer, ein kahl werdender Typ mit olivfarbener Haut und ausgeprägter Lücke zwischen den Schneidezähnen, an der Motorhaube lehnte. Der Kofferraum stand einladend offen.

»Hallo.«

Bevor er antwortete, sondierte er Trent für eine Weile und blickte einen Augenblick lang auf Olivia. Etwas zu lange für Trents Geschmack, aber er verzog keine Miene. Olivia schenkte dem Mann ein breites Lächeln, das er erwiderte.

Dann lenkte er wieder seine Aufmerksamkeit

zurück auf Trent. »Soll ich Sie irgendwohin bringen?«

»Ja.«

»Nicht zum Flughafen?« Der Typ öffnete die Hände und imitierte das Fehlen von Gepäck.

»Nicht zum Flughafen. Wir fahren etwas weiter. Kennen Sie die Brotfabrik in Shenandoah Falls?«

Der Stützpunkt von Olivias Cousine befand sich irgendwo am Rande der Kleinstadt. Sie könnten von dort aus laufen. Der Typ brauchte nicht ihren genauen Bestimmungsort zu kennen.

Der Fahrer rieb sich mit der Hand über seine glänzende Platte. »Bordman's Biscuits and Breads? Sicher. Aber das ist nicht gerade um die Ecke. Das kostet ... «, sagte er und hielt inne, um etwas Kopfrechnen zu betreiben, dann antwortete er: ... siebenundfünfzig Dollar.«

Trent drehte sich zu Olivia um und neigte leicht den Kopf. Sie zog den Reißverschluss der Tasche auf, die im Rückenband der Laufhose eingenäht war und holte zwei fest gefaltete Geldscheine heraus. Sie entfaltete einen und reichte ihn dem Mann.

»Sie können das Wechselgeld behalten.«, sagte sie ihm.

Er holte eine abgenutzte Ledergeldbörse aus seiner Jackentasche, glättete die Falten des

Hundertdollarscheins und legte ihn sorgfältig in die Börse.

Er drückte den Kofferraum zu und öffnete die Beifahrertür, um Olivia hineinzubitten. »Ihre Kutsche, Milady. Übrigens, ich heiße Arjun.«

»Danke, Arjun.« Sie lachte kurz, stieg ein und rutschte über den Sitz, um Platz für Trent zu machen. Er nickte dem Typ zu und setzte sich neben sie.

Während Arjun ums Auto zur Fahrerseite herumlief, beugte sie sich zu Trent vor und flüsterte: »Dieses ... Ding ... in der U-Bahn-Station. Es tut mir leid.«

Er schüttelte verdutzt den Kopf. »Was für ein Ding?«

Sie spitzte die Lippen. »Wirklich? Die leidenschaftliche Umarmung? Ich will nicht schon wieder so ein Missverständnis.«

Er blinzelte sie an. »Missverständnis? Ich will ja nicht unterbelichtet erscheinen, Olivia, aber ich habe keine Ahnung, von was du sprichst.«

»Du erinnerst dich doch, dass du mich in der Gasse in Shenandoah Falls geküsst hast — nachdem wir Padric's Public House verlassen hatten?«

Erinnerte er sich wirklich? Machte er Witze?

»Ach das, ja. Ich erinnere mich.«

Sie faltete die Hände in ihrem Schoß. »Nun, du warst ziemlich deutlich, dass es nichts zu bedeuten hatte – dass es nur Tarnung gewesen wäre. Und ich wollte dir nur sagen, dass mir diese Sache in der U-Bahn-Station auch nichts bedeutet hat. Das ist alles.«

Er öffnete den Mund, um ihr zu sagen, dass das doch wohl Vergangenheit wäre, als der Fahrer die Tür aufriss und sich ans Steuer setzte. »Wir reden später darüber«, sagte er stattdessen.

Er verbrachte die zweieinhalb Stunden Autofahrt damit, Olivia und Arjun dabei zuzuhören, wie sie über seine Familie, Baseball und Arjuns Rezept für perfekte Rasgullas, die mit Rosenwasser abgeschmeckten Quarkbällchen, redeten. Trent stellte hier und da eine Frage, aber er konzentrierte sich weder auf das Gespräch noch auf die Tatsache, dass jemand versuchte, ihn umzubringen. Stattdessen dachte er über das Bedürfnis nach, das er für Olivia empfand. Es war mehr als nur Anziehung, mehr als nur Verlangen. Es war reines Bedürfnis.

Seine Bemühungen, dieses Gefühl in den letzten Wochen seit ihrem Verschwinden zu verdrängen, war erfolglos geblieben. Natürlich hatte er tagsüber genügend zu tun, um sein Gehirn mit anderen

Dingen zu beschäftigen – Arbeit, seine Kunden, Jack zu helfen, den Schurken, der ihn hereingelegt hat, Dingfest zu machen und Konteradmiral Sampsons Mörder zu finden. Aber nachts, wenn er die Augen schloss, hatte er wieder dieses Bild vor Augen, nämlich Olivias Gesicht. Ihre blauen Augen, die vor Feuer funkelten. Ihre Lippen, die von seinen Küssen geschwollen und rot waren. Die Wölbung ihrer Wangenknochen. In seinem Schlaf streichelten seine Hände die Formen ihrer Brust und die Kurven ihrer Hüfte. Aber jeden Morgen wachte er allein in seinem kalten Bett auf.

Er rutschte etwas näher an sie heran und bat Arjun, schneller zu fahren.

5

Olivia verabschiedete sich winkend von Arjun, während die goldfarbene Limousine vom Parkplatz der Brotfabrik fuhr und sich mit dem normalen Verkehr vermischte.

Als das Auto außer Sichtweite war, drehte sie sich zu Trent um. »Wir sollten den Eisenbahnweg nehmen, der am Flussufer entlang verläuft. Wir riskieren weniger, gesehen zu werden und wenn, dann wird man uns für normale Jogger halten und nicht für ... Was sind wir eigentlich? Flüchtige?«

Er zuckte mit den Schultern. »Flüchtige ist wahrscheinlich eine treffende Beschreibung. Wie weit ist es noch bis zum Laden deiner Cousine?«

Sie kaute auf ihrer Lippe, während sie die

Strecke einschätzte. »Ich glaube so zwischen sechs bis sieben Kilometer. Es ist aber ziemlich flach.«

»Das ist ein Klacks. Lauf voran.«

Sie lief zur Rückseite des Grundstücks und kletterte den rostigen Metallzaun hinauf. Während sie auf den schmutzigen Pfad sprang, hüpfte Trent über den Zaun und landete wie auf Katzenpfoten neben ihr. Er war unglaublich grazil für einen Mann seiner Größe.

Sie drückte sich zwischen ein paar Kastanienbäume hindurch und führte Trent eine tiefe, steinige Böschung hinunter. »Wir gehen auf den Eisenbahnweg direkt hinter der Fabrikladerampe«, erklärte sie und deutete auf das lange, niedrige Gebäude. Einen Augenblick später huschte sie durch ein paar Dornensträucher und tauchte auf dem Weg auf. »Hier ist es.«

Sie begann zu joggen und Trent neben ihr her. »Woher kennst du diesen Pfad?«

»Wenn ich den Sommer über im Seehaus verbrachte, bin ich immer auf diesem Pfad gelaufen. Er verläuft direkt hinter dem See. Chelsea ist zwischen ihrem ersten und zweiten Studienjahr am College im Sommer den ganzen Weg nach North Carolina geradelt.«

Sie rannten eine Weile schweigend

nebeneinanderher und das einzige Geräusch war das Stampfen ihrer Füße auf dem Kies und die zwitschernden Vögel über ihnen.

»Chelsea wird uns doch helfen, nicht wahr?«

Olivia überlegte. Sie und Chelsea waren einst sehr eng miteinander befreundet gewesen, eher wie Schwestern als Cousinen. Obwohl sie sich auseinandergelebt hatten, aber das lag nur an den unterschiedlichen Karrieren, am Leben in verschiedenen Ländern und daran, dass Olivia mit einem Kontrollfreak verheiratet war. Etwas später nickte sie. Chelsea würde alles für sie tun.

Sie antwortete: »Da bin ich bin mir ziemlich sicher. Sollte sie es nicht tun, können wir immer noch die restlichen hundert Dollar für ein Wegwerfhandy ausgeben und Leilah selbst anrufen.«

»Wenn wir es tatsächlich müssen.« Er machte eine kurze Pause. »Was du vorhin gesagt hast über —«

»Schau mal, ist das nicht ein Fischreiher?« Sie deutete auf einen langbeinigen Vogel, der im Fluss fischte.

Er hob eine Augenbraue zum plötzlichen Themawechsel an, nickte aber zustimmend. »Sieht so aus.«

»Er wird nicht viele Fische hier finden. Vielleich ein paar Wasserschlangen.«, plapperte sie.

Sie hatte gehofft, dass er vergessen würde, über den Vorfall in der U-Bahn-Station zu reden. Wieso eigentlich? Natürlich mussten sie die körperliche Anziehungskraft zwischen ihnen zugeben – es war unmöglich, so zu tun, als wäre sie nicht vorhanden. Allein die Tatsache, dass sich ihre Haut bei seiner Berührung erhitzte und sich seine Augen vor Begierde verdunkelten, wenn er sie ansah, war Beweis genug dafür. Aber ganz von der tierischen Anziehungskraft abgesehen, war auch überdeutlich, dass sie *nicht* füreinander bestimmt waren.

Zum einen waren sie sich zu sehr ähnlich. Beide wollten Beschützer, Anführer, das Alphatier sein. Zum anderen lebten sie beide mit der Vergangenheit und alten Wunden, die sie noch immer bedrängten. Erinnerungen an Carla Ricci und Mateo Flores stellten sich immer wieder Trent und Olivia in den Weg. Und schließlich musste sie zugegeben, dass sie sich in Adrenalin-Situationen befanden. Sie wusste durch ihre Geländeausbildung, dass diese Energie irgendwo hin gehen musste, und oftmals ging sie in eine sexuelle Richtung. Eines war für sie sicher, hätte sie Trent in einem Lebensmittelgeschäft getroffen, hätte sie ihm bestimmt keine weitere

Beachtung geschenkt. Ihre Beziehung war zum Scheitern verurteilt und diente nur der Zweckmäßigkeit.

Sie hatte sich *fast* selbst davon überzeugt, als Trent plötzlich plärrte: »Stell dir vor, sie wollen mich umbringen.«

»Wer will dich umbringen?« Sie blinzelte beim plötzlichen Themawechsel.

»Ich weiß es nicht. Aber du hast doch schon wochenlang in diesem Haus gewohnt. Wenn Dane Michaels *dich* töten wollte, hätte er es wahrscheinlich schon versucht. Aber das Haus ist direkt nach *meiner* Ankunft explodiert.«

Seine angespannte Stimme verriet ihr, worauf er hinauswollte. Sie stoppte und stellte sich joggend vor ihn, um ihre Beine in Bewegung zu halten.

»Wenn du damit sagen willst, dass wir uns zu meinem Schutz aufteilen sollten, das kannst du vergessen. Wir müssen da gemeinsam durch. Ich habe mich geirrt, ich hätte das nicht im Alleingang versuchen sollen und es tut mir leid. Das hat schon lange genug gedauert. Wenn wir zusammenarbeiten, können wir das endgültig abhaken. Also machen wir das so, okay?« Sie setzte ein Lächeln auf, um die Nachricht zu mildern.

Sein Kiefer ballte sich. Ein Muskel in seiner

Wange zuckte. Seine Augen bohrten sich in ihre. Eine Weile später nickte er. »Okay. Wir ziehen das bis zum Schluss gemeinsam durch, egal was passiert.«

»Egal was passiert.«

Er senkte den Kopf, als wolle er ihren Deal mit einem Kuss besiegeln. Wie auf ein Kommando bewegten sich ihre Füße und sie raste davon.

»Komm schon, wir sind fast da«, rief sie ihm über die Schulter zu.

Sie sprinteten die letzten vierhundert Meter. Als sie um eine Flussbiegung kamen, verlangsamte Olivia ihr Tempo und hielt an. Sie zeigte auf ein Holzhaus mit grünem Dach. »Das ist Chelseas Laden.«

Sie führte ihn den Hügel hinauf zum Parkplatz hinter dem Laden mit dem schönen Namen River Falls Outfitters. Olivia schaute sich auf dem Parkplatz um und entdeckte Chelseas SUV.

»Da ist ihr Geländewagen. Sie ist da.«

»Gehen wir nicht durch die Hintertür?« Er gestikulierte zu einer fensterlosen Metalltür.

»Ich will sie nicht erschrecken. Lass uns einfach lässig durch die Vordertür gehen wie normale Kunden. Ich denke, das ist unser bester Schachzug.«

Sein zweifelnder Gesichtsausdruck machte

deutlich, dass er nicht einverstanden war, aber er nickte.

Sie schlenderten zur Vorderseite des Gebäudes. Sie drückte die Tür auf, und eine Glocke über dem Kopf läutete. Olivia trat hinein und ließ ihren Blick nach rechts, über die zahlreichen Reihen von Zelten und Schlafsäcken schweifen. Auf der linken Seite säumten Kajaks, Paddel und Schläuche die Wand. Mit Trent im Schlepptau bahnte sie sich einen Weg durch die Regale mit wetterfester Kleidung und dehydrierten Lebensmitteln sowie Erste-Hilfe-Kits zur Rückseite des Gebäudes, wo Chelsea hinter dem Tresen hockte und eine Vitrine mit Anzündern, Insektenspray und Sonnencreme füllte.

»Hallo Chelsea«, rief sie, um sie nicht zu erschrecken.

Chelsea hob den Kopf. Sie war sichtlich schockiert und ihre grünen Augen weiteten sich. Sie tauchte hinter dem Tresen auf und zerrte an ihrem langen Zopf, wickelte ihn um die Finger, ein nervöser Tick, den sie seit ihrer Kindheit hatte.

»Was machst du denn hier?«

»Ja, dir auch einen guten Tag.

Chelsea ließ den Zopf los, raste um den Tresen und packte Olivia am Arm. »Komm mit«, befahl sie und gestikulierte, dass Trent folgen solle, während sie Olivia in einen kleinen Flur zerrte.

Sie eilten zum Ende des Flurs, wo Chelsea Olivia in ein enges Büro schubste, dann streckte sie die Hand aus und zerrte Trent ebenfalls hinein. Schließlich schlug sie die Tür zu und verriegelte sie.

»Was ist denn los mit dir?«, fragte Olivia.

»Was mit *mir* los ist? Es ist doch *dein* Gesicht, das man überall in den Nachrichten sieht. Ich werde nicht wegen versuchten Mordes gesucht, Liv – du wirst es.«

»Was?«

Chelsea schielte in Richtung Trent. »Und dein Freund da wird wegen versuchten Mordes *und* wegen Mord an diesem – irgend so ein Marineadmiral – gesucht.«

»Wovon sprichst du?«

Chelseas gestikulierte mit den Händen über dem Kopf, um ihre Antwort zu unterstreichen. »Sie sagen, dass ihr beide versucht habt, zwei U.S.-Marshals zu töten. Sie haben Bilder von dir auf allen Kanälen und bitten alle Zuschauer, bei der Suche nach dir behilflich zu sein. Sie sagten, du bist bewaffnet und gefährlich. Bist du?«

Olivia warf Trent einen Blick zu, der sagte, *ich*

übernehme das Reden. Er starrte wie versteinert zurück.

»Na ja, stimmt, wir sind bewaffnet. Ich würde nicht sagen, dass wir besonders gefährlich sind ... es sei denn, wir werden in die Enge getrieben. Wir haben weder versucht, jemanden zu töten noch haben wir es tatsächlich. Keiner von uns beiden. Das ist alles ein Missverständnis.« Sie lächelte ihre Cousine ermutigend an.

»Muss ein ziemlich großes Missverständnis sein. Es gibt eine Belohnung mit allem Pipapo.«

Olivias Herz rutschte ihr in die Hose. »Arjun«, sagte sie.

»Ich weiß nicht, er schien dich zu mögen. Vielleicht verrät er uns nicht.« Trent sprach zum ersten Mal, seit sie den Laden betreten hatten. Seine Stimme war ruhig und unerschütterlich.

»Wie hoch ist die Belohnung?«, fragte Olivia.

»Einhunderttausend Dollar.«

Olivia lachte bitter. »Ich glaube nicht, dass er mich so sehr mochte, Trent.«

Trents Gesichtszüge entgleisten und er blickte besorgt drein. »Wir hätten nicht hierher kommen dürfen.«

Er drehte sich zu Chelsea um. »Du solltest nicht

in   all   das   hineingezogen   werden.«   Wir
verschwinden.«

Chelsea drückte ihr Kinn nach vorn. Ihre Augen
glänzten vor Kraft. »Jetzt warte doch mal. Meine
Cousine ist in ernsten Schwierigkeiten. Ich werde sie
nicht im Stich lassen. Sagt mir, wie ich helfen kann.«

6

Trents Bauch prallte hart gegen den Boden des Laderaums des SUV, während Chelsea das Fahrzeug über eine Bodenwelle fuhr. Links von ihm hörte er ein leises ›*Uff*‹. Er streckte sich, um Olivias Umrisse in der fast völligen Dunkelheit zu erkennen. Es drang nur wenig Licht durch die Decke, die Chelsea über sie geworfen hatte. Und die Campingausrüstung, die sie um ihre Körper herum gestapelt hatte, ragte auf jeder Seite hervor.

Er drehte sich um und richtete seinen Mund dorthin, wo er dachte, dass das Olivias Ohr sein könnte. »Alles in Ordnung?«, flüsterte er.

»Ja«, flüsterte sie zurück. »Übrigens, du sprichst mit meinem Ellenbogen.«

Er kicherte und beugte sich vor. »Besser?«

Sie drehte sich um, und ihre Augen leuchteten im düsteren Licht. »Viel.«

»Bist du dir sicher, dass der Plan funktioniert?« Er stellte ihr die Frage, weil er es nicht fair fand, Chelsea in eine solche Lage zu bringen und ihnen zu helfen.

Olivia stieß einen langen Atem aus und strich sich die zerzausten Haare aus dem Gesicht. »Ja und nein. Ich bin zuversichtlich, dass es funktionieren wird. Chelsea bezeichnete diese Hütte im Hinterland als ›abgeschieden‹. Das bedeutet, dass sie *wirklich* weit ab vom Schuss ist. Sie denkt, dass die Häuser rund um den See zu nah beieinander liegen. Du warst doch dort. Unser nächster Nachbar ist fast eineinhalb Kilometer entfernt.«

»Gut. Das ist das Ja. Was ist das Nein?«

»Ich hasse es, sie ... und Leilah in unsere Situation hineinzuziehen. Sie sind Zivilisten, und wenn wir am Ende wegen versuchten Mordes angeklagt werden –«

»Und Mord.«

»– und Mord, dann könnte sie ... oder sogar beide könnten ... wegen Beihilfe angeklagt werden. Verfolgungsvereitelung? Ich weiß nicht, üble Sache.«

Er fuhr sich mit den Händen übers Gesicht. »Ich weiß. Glaube mir, ich weiß das.«

»Außerdem weiß ich nicht, wie ich aus einer Hütte tief im Wald an die Unterlagen herankommen soll.«

»Welche Unterlagen? Die Dateien, nach denen du im Archiv suchen wolltest?«

»Ja.«

»Zum Beispiel? Die Unabhängigkeitserklärung? Die Verfassung? Die Bill of Rights?«

Er fühlte förmlich, wie sie die Augen verdrehte. »Nein, Trent. Mir geht es nicht um die Gründungsdokumente. NARA bietet auch einen kostenlosen Link zu CREST. Und ich dachte, dass der Zugriff von dort aus die Suchanfragen mehr oder weniger anonym machen würde.«

Er kramte in der hintersten Schublade seines Gedächtnisses nach der bürokratischen Buchstabensuppe. »NARA ist das Nationalarchiv der Vereinigten Staaten, aber CREST befindet sich nicht auf meiner Festplatte, es sei denn, du meinst die gleichnamige Zahnpasta, was ich bezweifle.«

»CREST ist das CIA Records Search Tool. «

»Würde dann die Abkürzung nicht CRST lauten?«

Sie stieß ihren Ellbogen in seine Rippen. »Sei

doch nicht so pedantisch. Es ist eine elektronische, im Volltext durchsuchbare Datenbank mit deklassifizierten Dokumenten.«

»Du bist ganz schön brutal, weißt du das? Wie auch immer, wozu sollen deklassifizierte CIA-Daten gut sein? Sie wurden wahrscheinlich so saniert und aufpoliert, dass sie wertlos sind.«

»Ich weiß. Aber ich habe keinen Zugang zu den nützlicheren Sachen. Nicht ohne Beteiligung von Marielle, und –«

»Und das kommt nicht in die Tüte«, beendete er ihren Satz.

»Richtig. Also müssen die für die Öffentlichkeit frisierten Versionen herhalten.«

»Welche Aufzeichnungen willst du sehen?«

»Botschaftsaufzeichnungen für Abuja und Peking.«

Sein Herz hämmerte. »Du suchst nach Aufzeichnungen über Jillian Martin. Carlas Freundin.«

»Und über Senator Townes' Nichte. Ganz zu schweigen von Craig Martins Schwester. Ich denke ... nun, ich bin mir nicht sicher, was ich denken soll, aber ich möchte einer Vermutung nachgehen.«

Der SUV neigte sich nach rechts, als das Gelände von der holprigen Straße auf eine

Geländestraße wechselte und Olivia mitrollte. Sie fiel auf Trent und streckte einen Arm aus, um sich zu stabilisieren.

»Tschuldigung«, pustete sie.

Er drehte sich zur Seite, um ihr ins Gesicht zu sehen, da hob der SUV plötzlich ab. Er legte eine Hand auf ihre Hüfte, damit sie nicht auf die aufgetürmte Campingausrüstung flog. Die Wolldecke erhob sich für einen Moment, plusterte sich auf, schwebte über ihnen wie ein Fallschirm, und er erhaschte einen flüchtigen Blick auf ihr Gesicht. Ihre Lippen öffneten sich. Ihre Augen glitzern. Er schluckte hart und blieb wie angewurzelt liegen, musste sich dazu zwingen, sich nicht auf sie zuzubewegen. Das Fahrzeug vibrierte und rüttelte unter ihnen, und Olivia klammerte sich mit einer Hand an seinen Bizeps und stützte sich mit der anderen an der Ladefläche ab.

Die Worte kamen wie aus der Pistole geschossen aus ihm heraus. »Es hat mir sehr wohl etwas bedeutet, als wir uns geküsst haben. Das weißt du doch, oder? Auch wenn es nicht hätte sein *sollen* – du warst zu diesem Zeitpunkt noch verheiratet, du warst eine Kundin, wir waren auf der Flucht vor mehreren Bundesbehörden und CNI-Agenten – alles ausgezeichnete Gründe, warum dieser Kuss nichts bedeuten *durfte*. Aber er hat es. Es bedeutete mir alles.«

Sie pustete ein kleines ›oh‹ aus. Dann benetzte sie ihre Lippen mit der Zungenspitze. Sie näherte sich, so nah, dass er die Hitze spüren konnte, die wie eine Welle von ihrem Körper aufstieg. Sie löste die Klammerung an seinem Arm, fuhr mit den Fingern in seine Nackenhaare und zerrte ihn zu sich.

Er kam bereitwillig, sein Mund suchte schon nach ihr. Als er seine Lippen senkte und sie seine Geste erwiderte, hielt der SUV abrupt an. Er taumelte vorwärts, stieß sich die Stirn an einer Laterne an, während ein fest verpackter Schlafsack von einem Stapel fiel und an Olivias Gesicht abprallte.

»Wir sind da«, kündigte Chelsea an.

Trent stöhnte.

Chelsea wirbelte durch das Innere der winzigen, aufgeräumten Hütte herum, öffnete die Fenster, um den Raum zu lüften, ließ die Wasserhähne laufen, bis das Wasser rein war, und spülte zu Olivias ungeheurer Erleichterung die Toilette.

»Oh, welch ein glücklicher Tag, es gibt sanitäre Anlagen«, jubilierte sie.

Chelsea grinste sie an. »Warm und kalt. Auf dem Dach befindet sich ein durch Schwerkraft gespeistes, solarbeheiztes Regentonnensystem. Es reicht nicht für eine lange Dusche, aber für den Grundbedarf reicht es. Allerdings gibt es hier keinen Strom.«

Trent stampfte durch die offene Tür, die Arme mit der Ausrüstung aus dem SUV beladen. »So, das ist der Rest.«

»Es sind auch ein paar Anzünder dabei und draußen gibt es viel trockenes Holz. Du kannst in der Feuerstelle ein Kochfeuer machen. Im Schrank findest du eine Grillabdeckung. Was die Wärme nach dem Sonnenuntergang angeht, verlasst ihr euch am besten auf eure Körperwärme.« Sie gestikulierte zu Trent und wackelte mit den Augenbrauen.

»Gütiger Gott, Chelsea.« Olivia schüttelte den Kopf, konnte aber ein Kichern nicht unterdrücken.

»Bist du sicher, dass das mit dem Feuer eine gute Idee ist?« Trent zog die Stirn in Falten.

Chelsea nickte und ihr eng geflochtener Zopf hüpfte auf und ab. »Hier ist niemand, der den Rauch sehen könnte. Der nächste Campingplatz ist sehr abgelegen und wird nur selten genutzt. Er ist etwa 8 km entfernt, auf der anderen Seite der Wasserfälle und einem Fluss. Es ist eine anstrengende zweitägige Wanderung, und der Weg ist nicht gut beschildert. Nur die Hardcore-Camper nutzen ihn und es ist noch keine Saison für sie. Ein guter Regen und das Wasser in der Flussüberquerung steigt bis zur Brust an. Alles in bester Ordnung. Das schwör ich.«

Olivia ging durch den Raum und blickte ihrer Cousine in die Augen. »Ich schulde dir was.«

»Aber hallo«, stimmte Chelsea zu.

Sie warf einen Blick auf ihre klobige schwarze Uhr. »Ich fahre jetzt besser in die Zivilisation zurück, damit ich Leilah Khan anrufen kann, bevor es zu spät ist.«

»Du weißt noch, was du ihr sagen sollst?«

»Ja, natürlich.« Sie soll Ryan Hayes informieren, dass die Explosion ein Insider-Job des U.S. Marshal Services war.«

Olivia umarmte ihre Cousine. »Danke.«

Chelsea drückte sie zurück und hielt sie auf Armlänge. »Du würdest das Gleiche für mich tun. Wir sind eine Familie. Ich komme morgen Nachmittag wieder, wenn ich kann. Ansonsten übermorgen früh, okay? Schön warten.« Sie blickte in Trents Richtung. »Und du tust nichts, was ich nicht tun würde!«

Trent lächelte sie an. »Wirklich, vielen Dank für alles.«

Sie blickte sich noch einmal im Raum um, dann holte sie ihre Sonnenbrille aus dem Rucksack und ging zur Tür.

»He, warte. Hast du ein Stück Papier bei dir? Und einen Stift?«, fragte Olivia.

Chelsea hob die Augenbrauen an und dachte einen Moment nach. Dann zog sie ein kleines Reisetagebuch und einen Bleistift aus der Seitentasche ihrer Handtasche. »Hier.«

»Danke.«

»Keine Ursache. Der Sonnenuntergang hier oben ist erstaunlich. Und heute Abend ist Neumond mit einem schönen klaren Sternenhimmel. Schau ab und zu mal nach oben.« Sie lächelte, ging durch die Tür und zog sie fest hinter sich zu.

Als der Motor des SUV zum Leben erwachte und man das Geräusch der Räder, die über die Steine knirschten, hörte, steckte Olivia das Notizbuch und den Bleistift in die Tasche und wandte sich Trent zu.

»Wir sollten ein Feuer machen, solange wir noch Tageslicht haben.«

Er warf einen Blick auf seine Uhr. »Ich hätte nichts dagegen, bald zu essen. Es ist ein furchtbarer Tag gewesen.«

»Das *ist* eine Untertreibung.«

Sie öffnete die Kühlbox, die direkt hinter der Tür stand und durchwühlte sie. Chelsea, du bist ein Schatz. Olivia stand grinsend da und hielt zwei dicke in weißem Metzgerpapier gewickelte Päckchen in der Hand. »Was sagst du zu frisch gefangener Bachforelle?«

Er rieb die Hände aneinander. »Himmlisch. Was ist noch drin?«

Sie grub sich durch die sauber beschrifteten Lebensmittel hindurch. »Kartoffelscheiben mit Zwiebeln und Paprika.« Sie warf ihm das Folienpaket zu. »Trockenobst für einen Snack?«

»Lass uns das Zeug aufheben, das man nicht kochen muss. Nur für den Fall, dass wir plötzlich den Abgang machen müssen.«

Sie nickte ihre Zustimmung und hielt ein Sechserpack IPA-Bier hoch. »Durst?«

»Ich sag dir was, ich bring das Feuer in Gang. Warum machst du nicht in der Zwischenzeit das Bett und wir treffen uns dann draußen zur Cocktailstunde?«

Er bückte sich, klemmte sich den Sechserpack

unter den Arm und war schon aus der Hintertür draußen, bevor sie reagieren konnte. Sie verzog die Lippen. Sie wusste, was das zu bedeuten hatte. Er überließ ihr die Entscheidung über die Schlafanordnung. Intelligent.

Sie schnappte sich das Bettzeug und marschierte ins Hinterzimmer, in der Erwartung, zwei Einzelbetten zu finden. Pech gehabt. Sie starrte auf das flache Queensize-Bett, das den winzigen quadratischen Raum für einen langen Moment dominierte. Ihr Herz klopfte wild.

Dann schüttelte sie den Kopf. *Entspann dich.* Ein Bett zu *teilen,* musste nichts bedeuten. Verflucht nochmal, immerhin hatten sie bereits eine Nacht zusammen auf ihrer Couch verbracht und es war absolut jugendfrei gewesen. Sie kämpfte gegen das Zittern in ihrem Hals an und warf die Decken und Laken aufs Bett.

Als das Bett gemacht war, trat sie zurück und begutachtete es. Es sah ... warm aus. Bequem. Einladend.

Zu einladend?

Als ob sie etwas erwarten würde?

Sie zog die Unterlippe zwischen die Zähne, eilte in den vorderen Raum und wühlte im Haufen mit der Ausrüstung herum, auf der Suche nach isolierten Schlafsäcken im Kokonstil. Sie hob einen Kulturbeutel hoch und entdeckte Chelseas Handschrift auf einem Umschlag, der hervorragte. Sie durchwühlte den Beutel und holte ein Päckchen Handwärmer, ein Päckchen Fußwärmer und ein Umschlag mit der Aufschrift ›Vollkörperwärmer‹ heraus. Sie schaute hinein und brach beim Anblick einer Ziehharmonikareihe mit Kondomen in schallendes Gelächter aus. Sie steckte den Umschlag in die Innentasche von Chelseas Windjacke, die sie ihr geliehen hatte, und setzte ihre Suche nach den Schlafsäcken fort.

Sie trug die Schlafsäcke ins Schlafzimmer und legte sie über das Fußende des Bettes. *Betrachte es als Notausgang – oder als einen intelligenten Ausweg,* sagte sie zu sich selbst. *Nur für den Fall.*

Mit einer zitternden Hand fuhr sie sich durch die Haare und bemerkte die Vorfreude, die in ihrem Bauch tanzte. Sie erinnerte sich an den Klang von Trents Stimme, als er sagte, dass ihm ihr Kuss *alles* bedeutete. Plötzlich wurde ihr ganz heiß. Sie war sich ziemlich sicher, dass sie es nicht wäre, die später nach einem intelligenten Ausweg suchen würde.

7

Trent stocherte mit einem Stock im Feuer herum und beobachtete die tanzenden Flammen und Funken. Er gähnte. Der Tag war ein einziger Adrenalinrausch gewesen. Er war verdammt müde. Sein Magen knurrte. Er hatte Hunger. Er schob die Päckchen mit Fisch und Kartoffeln auf den Rost.

Die Tür öffnete sich, und Olivia trat in den Garten hinaus. Er öffnete eine Bierdose und reichte sie ihr, während sie sich auf den langen Baumstamm vor der Feuerstelle neben ihn setzte.

»Prost.« Sie berührte seine Dose und nahm einen großen Schluck.

Er atmete tief ein und bestaunte den wolkenlos

blauen Himmel. »Sieht aus, als ob deine Cousine recht hatte mit den Sternen heute Abend. So klar und wolkenlos, mit Neumond ... «

»Mm-hmm.«

Er runzelte die Stirn. Sie blickte nicht in den Himmel. Sie starrte auf irgendwas dazwischen. Es waren auch bestimmt nicht die Bäume, die sie ansah.

»Alles in Ordnung?«

»Was? Oh, ja. Ich bin nur abgelenkt.«

»Das Abendessen ist fast fertig. Wir könnten hier draußen essen.«

»Ja, prima. Ich könnte etwas frische Luft gebrauchen.«

Er drehte die Fischpäckchen um. »Deine Cousine ist schwer in Ordnung.«

»Ja, das ist sie. Sie ist die eigenständigste Person, die ich kenne.«

Er betrachtete sie argwöhnisch. »Das muss in der Familie liegen.«

Sie blinzelte und Überraschung funkelte in ihren Augen. »Kann schon sein. Ich habe eigentlich nie wirklich darüber nachgedacht.«

Sie fielen in kameradschaftliches Schweigen. Nach einem Moment nahm sie noch einen Schluck Bier.

»Was ist mit deiner Familie?«

Seine Brust spannte sich. *Es ist nicht ihre Schuld. Sie hat keine Ahnung.* Er erinnerte sich an den sechsjährigen Trent, der mit dem Schlüssel, den er um den Hals trug, in eine leere Wohnung trat.

»Ich habe keinen engen Kontakt mit meiner Familie. Sagen wir mal so, die Art und Weise, wie ich aufgewachsen bin, hat mich zu einem sehr selbständigen Menschen gemacht. Lassen wir es dabei bewenden.«

Sie zuckte zusammen und sprang auf. »Ich hole ein paar Teller und Gabeln.«

»Gute Idee.« Er setzte ein gespieltes Lächeln auf, während sie in die Hütte eilte, um offensichtlich etwas Abstand zwischen ihnen zu schaffen.

Sie verschwand in der Hütte. Er trank sein Bier aus und zerdrückte die Dose zu einem kompakten Kreis. Dann bewegte er seinen Hals nach rechts und links und atmete mehrmals tief ein.

Als sie mit dem Geschirr zurückkehrte, sagte er: »Es tut mir leid, dass ich so schroff reagiert habe. Ich rede nicht über meine Familie.«

Sie hielt eine Hand hoch. »Ist schon in Ordnung. Ich hätte nicht neugierig sein sollen.«

Sie konzentrierte sich darauf, das Essen aus der

Feuerstelle zu ziehen, die Päckchen zu öffnen und den jeweiligen Inhalt auf den Tellern zu verteilen.

»Du warst nicht neugierig. Es ist nur ... es ist ein heikles Thema.«

»Okay.« Sie schaute ihn an und reichte ihm einen Teller. »Alles klar zwischen uns. Aber wir sollten essen, solange es noch heiß ist.«

»Richtig.« Er schnappte sich noch ein Bier und stocherte in den Fisch.

Sie aßen schweigend und schnell – so wie Menschen eben, die den ganzen Tag auf der Flucht gewesen waren und nichts gegessen hatten. Als sie fertig waren, brachte er die Teller und den Müll hinein. Er wusch das Geschirr und die Gabeln mit schnellen, effizienten Bewegungen ab und legte sie zum Trocknen in den Geschirrabtropfer.

Dann ging er wieder nach draußen und sah, wie Olivia, mit lang ausgestreckten Beinen den Horizont betrachtete. Sie drehte sich lächelnd zu ihm um. »Danke fürs Abräumen und Abwaschen. In etwa 20 Minuten wird die Sonne untergehen. Möchtest du hier draußen sitzen und das Schauspiel beobachten?«

»Hört sich gut an.« Er ließ sich neben ihr nieder und gab ihr noch ein Bier. Sie saßen Schulter an Schulter und starrten auf den Himmel.

»Es ist schwer, sich vorzustellen, dass heute jemand versucht hat, uns in die Luft zu jagen, nicht wahr?« Sie sprach mit weicher, fragender Stimme.

Er verzog das Gesicht. Leider hatte er überhaupt keine Schwierigkeiten damit, es sich vorzustellen.

Nach einer Weile sagte er: »Wie lautet deine Theorie? Was erhoffst du dir von den Botschaftsaufzeichnungen über Jillian Martin?«

Sie holte das Reisetagebuch und den Bleistift hervor, balancierte das kleine Notizbuch auf ihren Knien und kritzelte etwas. »Ich arbeite einen Zeitplan aus. Zu welchem Datum wurde Carla getötet?«

Bei der Erinnerung an Carlas Mord bildete sich plötzlich ein Kloß in seinem Hals und er musste schwer schlucken.

Sie blickte ihn traurig an. »Es tut mir leid, aber ich muss das fragen.«

Er hustete. »Nein, ist schon gut. Sie ist in der ersten Juliwoche verschwunden - am sechsten. Der Karton mit ihren Händen kam am nächsten Tag an. Wieso?«

Sie beantwortete seine Frage mit einer Gegenfrage. »Weißt du, wann Jillian aus Abuja versetzt worden ist?«

Er schüttelte den Kopf. »Als ich gegangen bin, war sie noch da.«

»Wann war das?«

»Drei Wochen später. Nachdem ich den Rest von Carla gefunden habe. Ich habe die Kontrolle verloren und meine Unterkunft zerstört. Deswegen hab ich zehn Tage im Bau verbracht. Im August fing ich dann bei Jake an.«

»Und wann ist Craig Martin zu Potomac Private Services gekommen?«

Er rieb sich mit der Hand über die Stirn und dachte nach. »Irgendwann im Spätherbst. Mitte November?«

»Das passt zusammen. Vor Erntedank habe ich den Auftrag erhalten, etwas über Qīng Lings Angebot zu den Mobilfunkmasten im Norden herauszufinden. Meinen Bericht habe ich Ende Januar vorgelegt. Dann bin ich Ende Februar in die USA zurückgekehrt, um meine Oma zu besuchen und den Rest kennst du ja.«

»*Wie* passt das denn zusammen?« Er betrachtete ihr Gesicht. Was hatte sie herausgefunden, dass er übersehen hatte?

»Ich komme immer auf etwas zurück, was Senatorin Anglin in dieser Nacht am Seehaus gesagt hat. Bevor du mit Omar zurückkamst. Sie war wirklich daran interessiert, wo du bist.«

»Okay?«

»Du, ganz speziell. Sie fragte nach dir und nannte deinen Namen.«

Er runzelte die Stirn. »Also ... Ich *bin* der einzige defensive Fahrlehrer in Potomac. Und ihr Büro hatte angerufen, um dich aufzunehmen. Jake hat es ihr zum Gefallen getan.«

»Richtig, sie hat um einen Gefallen gebeten. Das Schicksal hat uns an diesem Tag nicht zusammen in dasselbe Auto gesetzt. Aber Senatorin Anglin hat es.«

»Moment mal, willst du mir erzählen, dass die ganze Sache geplant war? Sie *wussten*, dass ich einen Piloten niederschlagen und dich aus einem Flugzeug zerren würde? Sie *wussten*, dass wir zusammen wären, wenn die Burn Notice über den Äther geschickt wird und das wir fliehen würden? Weißt du, wie weit hergeholt das klingt?«

»Ich glaube, sie wäre zufrieden gewesen, wenn ich im Geheimgefängnis in Guantanamo Bay gelandet wäre. Aber als du dich zum Flugzeug durchgekämpft hast, um eine holde Maid in Not zu retten, war sie froh darüber, den Kurs zu ändern. Ich glaube, dass sie deine Reaktionen insgeheim erwartet hat.«

Er hob die Augenbrauen an. »Das ist weithergeholt!«

»Ach, wirklich? Ehrlich?«

Er bewegte den Kopf hin und her. Er *hatte* einen ausgeprägten Beschützerinstinkt und das war bei Potomac einschlägig bekannt. Die Jungs nannten ihn Sir Mann, der Ritterliche, wenn sie ihn foppen wollten.

»Vielleicht doch nicht«, gab er zu.

»Also könnte Craig Martin seinem Onkel erzählt haben, dass du versuchen würdest, mich zu retten.«

»Möglich. Aber wieso?«

Sie senkte ihr Kinn und sah ihn eindringlich an. »Ich glaube, wir beide wissen, warum.«

»Du wusstest zu viel über QL. Und sie dachten, ich wüsste, dass Senator Townes Carlas Mord veranlasst hatte.«

»Genau.«

»Also haben sie versucht, zwei Fliegen mit einer Klappe zu schlagen«, sagte er benommen.

Sie saßen für einen Moment schweigend da.

Dann sagte sie fast flüsternd: »Wo? Ich würde sagen, dass sie nach wie vor da sind.«

Sie beobachteten, wie die feuerrote Sonne hinter

den fernen Bergen versank und sich karminrote Streifen über dem purpurfarbenen Himmel ausbreiteten. Als es völlig dunkel war, was in den Bergen nicht lange dauert, legte er seinen Kopf zurück und suchte im Himmel nach Konstellationen und dachte immer noch über ihre Theorie nach. Sie beugte sich vor und stocherte im Feuer herum.

»Ich kann noch ein Holzscheit auflegen.«

Sie schüttelte den Kopf. »Nein, wir sollten bald reingehen. Es wird kälter.«

»Glaubst du, dass es Ryan schafft, etwas Handfestes herauszufinden, um das alles unter einen Dach und Fach zu bringen?«

»Das hoffe ich doch. Wir können das hier nicht den Rest unseres Lebens machen, oder?«

»Ich weiß es nicht. Ich denke, ich könnte es.«

Er stupste sie mit seiner Schulter an und sie lehnte sich an seine Brust. Er legte einen Arm um ihre Taille und zog sie noch näher an sich heran. Sie sahen sich gemeinsam die Sterne, die Lichtpunkte in der riesigen schwarzen Nacht an.

Als das Feuer erloschen war, fröstelte es ihr ein wenig. »Ich werde mich vor dem Schlafengehen kurz duschen. Von dem Rauchgeruch im Haar bekomme ich immer Kopfschmerzen.«

Er beugte sich vor und schnupperte an ihrem

Kopf. Der Rauchgeruch mit Olivias würzig-süßem Duft gemischt. »Ich finde, es riecht ziemlich gut.«

Sie schlug ihm leicht auf die Schulter und griff über ihn, um sich noch ein Bier zu nehmen.

»Duschbier. Damit bin ich damit einverstanden.«

Sie lachte und ging ins Haus.

8

Trent blieb noch einen Moment länger und starrte auf den glitzernden Himmel. Als er das Wasser in der Dusche rauschen hörte, sammelte er die leeren Bierdosen ein und trug sie ins Haus. Er versuchte, sich nicht Olivias nackten Körper auf der anderen Seite der Badezimmertür vorzustellen. Der Versuch scheiterte.

Um sich von seiner Vorstellungskraft abzulenken, wühlte er im Seesack, der voller Kleidung war, die Chelsea aus den Regalen in ihrem Laden hineingepackt hatte. Er fand ein Paar dunkelgraue Thermounterhosen mit passendem langärmeligen T-Shirt in seiner Größe und packte ein ähnliches Set in hellblau aus, dass aussah, als ob es Olivia passen würde. Er brachte sie ins Schlafzimmer und legte sie aufs Bett. Er verbrachte mehrere Minuten damit, sich das sorgfältig gemachte Bett und die Schlafsäcke anzusehen, die am Fußende lagen und versuchte, die Nachricht zu entziffern, die ihm dieses Schaubild wohl vermitteln sollte.

Hör auf im Kaffeesatz zu lesen. Komm schon, Trent, du bist ein Mann der Tat. Handle.

Er drehte sich auf dem Absatz um und ging zur Badezimmertür, um dem Prasseln des Wassers zuzuhören. Er legte seine Hand gegen die Tür und hörte sein Herz schneller pochen, während das Wasser gegen die Duschwand prasselte. Er atmete ein und klopfte.

Das Wasser wurde abgedreht und die Tür öffnete sich. Er trat einen Schritt zurück. Olivia, noch tropfnass, hatte sich in ein übergroßes Handtuch eingewickelt und das Ende zwischen ihren Brüsten verknotet.

»Du bist dran.«

Er beobachtete die Bewegung der Kuhle unterhalb ihrer Kehle, als sie schluckte. Dann blickte er ihr in die Augen. Ihre turbulenten ozeanblauen Augen durchbohrten ihn mit einem festen Blick.

Er nickte.

»Ich hoffe, dass ich dir genug heißes Wasser übriggelassen habe.«

Er lächelte.

Sie lächelte zurück, huschte an ihm vorbei und drehte ihren Körper in seine Richtung, während sie sich durch die enge Tür in den Flur hineinzwängte.

Er ging ins Badezimmer, schloss die Tür und lehnte sich mit der Stirn dagegen. Ein Mann der Tat. Er konnte noch nicht einmal sprechen, geschweige denn handeln. Es war wahrscheinlich besser so. Sex würde eine bereits chaotische Situation nur erschweren.

Er zog seine Kleider aus, drehte die Dusche auf und ließ sich vom Wasserstrahl berieseln. Er schäumte seinen Körper ein, aber keine Seife konnte diese Vorstellung von Olivia nackt unter diesem Handtuch und *dieser* Blick mit diesen unglaublich blauen Augen abwaschen. Sein Körper ignorierte seinen Wunsch, dieses Verlangen zu unterdrücken. In seiner Verzweiflung drehte er das heiße Wasser ab und ließ das eiskalte Wasser auf sich rieseln, solange er es ertragen konnte. Dann drehte er das Wasser aus, trocknete sich ab und wickelte das Handtuch um seine Taille.

Als er das Schlafzimmer betrat, saß sie im

Schneidersitz auf dem Bett und trug die Unterwäsche, die er für sie zurechtgelegt hatte. Ihr feuchtes Haar hatte sie in einem lockeren Knoten auf dem Kopf aufgetürmt.

Irgendwie unglaublich, dass sein Verlangen immer mehr anstieg, als er sie in der langen Unterwäsche sah. Er gab einen Brummton von sich, ein leises Grollen in seiner Kehle, und zog sein Handtuch noch fester um die Taille. Dann streckte er sein Kinn in Richtung seiner langen Unterwäsche.

»Könntest du mir das da bitte zuwerfen? Ich ziehe mich im Bad an und hole mir dann den Schlafsack. Du nimmst das Bett. Ich schlafe in der Küche. Ich glaube nicht, dass es hier genügend Platz auf dem Boden gibt.«

Sie zog eine Augenbraue hoch. Ihre Augen wanderte nach unten zu seiner nackten Brust mit dem Handtuch wieder zu seinem Gesicht zurück. Sie setzte ein kokettes Halblächeln auf, als ob sie wüsste, was da unter seinem Handtuch vor sich ging. Sie nahm die lange Unterwäsche und hielt sie empor.

»Warum holst du sie dir nicht?«

Er sah sie einen Moment lang an, dann sagte er mit belegter Stimme: »Olivia, bitte fang nicht an zu spielen, wenn du nicht wirklich spielen willst.«

»Oh doch, ich möchte spielen.«

Er blickte sie eindringlich an. »Bist du dir sicher?«

»Ich bin sicher«, flüsterte sie. Sie benetzte ihre Lippen. »Außerdem hat Chelsea recht, Körperwärme ist der beste Weg, um warm zu bleiben.«

Sie verschränkte die Arme, zog den Saum ihres T-Shirt über den Kopf und warf es beiseite. Er ertrank bei ihrem Anblick. Sie lächelte und winkte ihn mit einem gekrümmten Finger zu sich. Er ließ das Handtuch auf den Boden fallen und kroch übers Bett. Er drückte sie sanft zurück und schob ihr die Hose über die Hüften. Sie wölbte ihren Rücken und zitterte, als er die glatte Haut auf ihrem Bauch küsste.

»Wir sollten jetzt ein wenig Wärme erzeugen«, knurrte er und kletterte über sie.

Sie griff nach oben, packte seinen Hinterkopf und zog sein Gesicht zu ihrem. »Ich habe so lange auf diesen Augenblick gewartet. Lass mich nicht noch länger warten«, flüsterte sie.

Er lächelte schelmisch. »Man kann ein Genie nicht hetzen, Olivia.«

Olivia lag eingerollt in Trents Umarmung. Sein langsamer, gleichmäßiger Atem wärmte ihren Hals. Sein Arm war fest um ihre Taille geschlungen und schmiegte sie an seine Seite. Er schlief tief und fest.

Er hatte die Ruhe verdient. Sie hingegen war voller Energie. Gesättigt, zufrieden und erschöpft, aber hellwach und zu aufgedreht, um zu schlafen. Sie löste seine Hand von ihrer Hüfte, befreite sich sanft aus seiner Klammerung und krabbelte aus dem Bett. Sie stand leise auf und schlich sich aus dem Raum. Gleichzeitig hielt sie an, um die Kondomverpackungen aufzuheben, die auf dem Boden wie Konfetti verstreut waren. Während sie auf Zehenspitzen in die Küche lief, rührte sich Trent und murmelte.

»Psst, ich bin sofort wieder da.«

Der Boden war kalt unter ihren nackten Füßen und sie eilte den Flur entlang. In der dunklen Küche fummelte sie nach der Laterne, um sie anzuzünden, und nahm einen Stuhl vom Tisch, um ihn nicht über den Boden zu schieben. Sie steckte ihre Füße unter den Po und richtete den Schein der Laterne auf die Zeitleiste, die sie in Chelseas Notizbuch erstellt hatte.

Sie hatte etwas übersehen. Sie kniff die Augen zusammen und ging noch einmal die Liste durch. Wo war die Verbindung zwischen Qīng Líng und Nigeria? QL verkaufte Satellitentelefone auf dem westafrikanischen Markt, aber das Unternehmen war nicht auf den Consumer-Handymarkt in Westafrika oder anderswo auf dem Kontinent eingedrungen. Noch nicht. Sie hatte die Zehnjahrespläne in Mateos Büro gesehen – Weltbeherrschung stand auf der Speisekarte.

Was also hatte ein chinesischer Handyhersteller/Spion an vorderster Front mit einer nigerianischen Dschihad-Organisation zu tun? Nichts. Sie kaute nachdenklich am Ende des Bleistifts, dann skizzierte sie eine Reihe von Kästchen und beschriftete sie mit ›QL‹, ›Senat-Geheim.‹, ›Senat-Komm.‹ und ›Abuja‹. Unter QL schrieb sie ›Mateo, Olivia, Anglin, CNI.‹ Unter Geheimdienst schrieb sie ›Anglin, Townes, CIA.‹ Unter Kommunikation schrieb sie ›Anglin, Townes.‹ Und schließlich schrieb sie unter Abuja ›Townes, Carla, Trent, Jillian, Konteradmiral Sampson.‹ Sie strich die Namen von Carla Ricci und Lloyd Sampson mit einer Linie aus, um anzuzeigen, dass sie getötet worden waren. Am Rande kritzelte sie ›U.S. Marshal Service, Ryan Hayes, Craig Martin, Dane Michaels.‹

Dann starrte sie ganz unten auf die Seite, bis ihre Sicht verschwommen war und ihre Frustration ihren Höhepunkt erreicht hatte. Sie warf den Bleistift verärgert auf den Tisch. Sie hatte keine Hoffnung auf eine Erleuchtung in einer Holzhütte in den Shenandoah Mountains. Sie brauchte Zugang zu einer Datenbank und keinen Hauch von Inspiration.

Plötzlich kam ihr etwas in den Sinn, was ihr Marielle einmal erzählt hatte. Während ihrer Schulung hatte Marielle ein kompliziertes, verzwicktes Rätsel zu lösen. Olivia ging zu Marielles Arbeitsplatz, um sie zu fragen, ob sie eine Pause einlegen und einen Kaffee trinken wolle. Sie war überrascht, als sie ihre Freundin unter ihrem Schreibtisch auf einer weichen Decke und einer Seidenschlafmaske auf ihren Augen liegen sah. Als Olivia sie wach rüttelte, sagte Marielle: *»Träume enthüllen dir alles.«*

»Träume enthüllen dir alles«, flüsterte Olivia in der kalten, stillen Küche. Es hatte bei ihrer französischen Freundin funktioniert, um ein besonders verzwicktes Problem zu lösen; vielleicht würde es auch bei ihr funktionieren. Sie drehte die

Laterne aus, ließ das Buch auf dem Tisch liegen und ging auf leisen Sohlen wieder zurück ins Schlafzimmer.

Als sie sich wieder ins Bett schlich, bewegte sich Trent, um ihr Platz zu machen. Sie eroberte ihre Schlafstätte, kuschelte sich in die Nähe seines warmen Körpers und legte den Kopf auf seine Brust.

»Alles in Ordnung?«. Er murmelte die Frage mit noch geschlossenen Augen.

»Besser als das. Tut mir leid, dass ich dich geweckt habe.«

Er drückte seinen Körper fester gegen sie und öffnete die Augen. »Du brauchst dich nicht zu entschuldigen. Aber wenn du es wirklich gut machen willst, hätte ich ein paar Ideen.«

»Ach ja?«

»Ja. Für das, was ich im Sinn habe, hast du aber zu viel an.« Er lächelte.

Sie hüpfte auf die Knie und setzte sich rittlings auf ihn. Dann zog sie ihr Oberteil aus und griff seine Handgelenke, um sie hinter seinem Kopf zu fixieren. Sie senkte ihren Mund, bis er einen Millimeter über seinem schwebte.

»Besser?«, neckte sie.

»Fast.«

Er hob seinen Kopf weit genug an, um ihre

Lippen zu berühren. Ihre Lippen öffneten sich, und sie ließ seine Handgelenke los. Blitzschnell drehte er sie auf den Rücken und starrte sie mit leuchtenden Augen an. Er zog einen Finger an ihrem Oberkörper entlang bis zu ihrem Hosenbund.

»Trent«, stöhnte sie.

»Beruhig dich. Ich befinde mich gerade auf einer kritischen Erkundungsmission. Das kann etwas dauern.«

Sie ließ ihren Kopf aufs Kissen fallen, schloss die Augen und schmolz durch seine Berührung dahin.

9

Trent erwachte zum Duft von Kaffee. Als er mit geschlossenen Augen im Bett lag, dachte er zunächst, dass er gerade wieder von Olivia träumen würde. In der schönsten und detailliertesten Grafik. Aber als er die Augen öffnete und wie benebelt durch den dunklen Raum blickte, klopfte sein Wachgedächtnis an. Er rappelte sich auf. Das in der letzten Nacht, das war gar kein Traum gewesen. Es war sehr, sehr real gewesen.

Er taste den Boden nach seiner Hose ab. Er zog sie an, riss sein Hemd über den Kopf und ging ins Badezimmer, um sich die Zähne zu putzen. Seine nackten Füße platschten gegen den kalten Holzboden. Als er mit klaren Augen und minzigem Atem herauskam, schwang die Haustür der

Holzhütte auf und Olivia stand da. Sie hielt einen Keramikbecher Kaffee in jeder Hand, und die Sonne umrahmte sie von hinten mit einem goldenen Heiligenschein.

»Guten Morgen, Sonnenschein«, sagte er.

»Morgen.« Sie senkte die Augen, fast schüchtern.

Er durchquerte den Raum, nahm den Becher aus ihrer linken Hand und stellte ihn auf den Boden. Dann nahm er ihr Gesicht behutsam in die Hände und küsste sie sanft. »Danke für den Kaffee.«

Sie hob das Kinn an. »Danke für gestern Nacht.«

Ihre Stimme war heiserer als üblich, und dieser Ton jagte ihm einen Dopaminstoß durch den Körper.

»Es war mir in jeder Hinsicht ein Vergnügen.«

Sie grinste. »Bevor du irgendwelche Ideen bekommst, ich habe Eier über dem Feuer gebraten.«

»Ich zieh mich nur schnell richtig an. Ich bin sofort wieder zurück.«

»Du wirst mir fehlen.«, neckte sie ihn.

Als Antwort strich er seine Lippen über ihre und gab ihr einen sanften Klaps, um sie aus der Tür zu schieben. Er nahm den Kaffee, nippte daran und eilte in die Küche, um die erstbeste Kleidung aus seinem Seesack zu nehmen. Während er seine

Schuhe schnürte, öffnete sich die Tür und sie kam mit einer Pfanne voll Eiern hinein.

»Sie sind schneller gegart als erwartet. Kannst du bitte die Kaffeekanne holen?«, fragte sie auf dem Weg durch die Küche.

Er eilte über das frostige Gras, um die Kaffeekanne vom Baumstumpf zu nehmen, der ihr als Vorbereitungstisch gedient hatte. Er füllte seine Lungen mit der eisigen Bergluft und ging wieder hinein, erleichtert darüber, dass ihre gymnastischen Übungen der letzten Nacht keine peinliche Atmosphäre hinterlassen hatten. Er fühlte eine Leichtigkeit in seiner Brust wie schon lange nicht mehr.

Sie saßen am kleinen Tisch und teilten sich einen Teller mit Eiern. Danach bewegten sie sich wie Tänzer durch die kleine Küche und räumten auf. Er schmiegte sich an sie, wann immer er an ihr vorbeiging, wie ein Magnet, der von Metall angezogen wurde. Sie schenkte den letzten Kaffee in die Tassen ein und als er trank, bemerkte er das kleine Notizbuch, das umgedreht auf dem Tisch lag.

»Darf ich?« Er nickte in Richtung Notizbuch.

»Bitte. Ich habe es mir heute Morgen noch einmal angeschaut. Irgendetwas habe ich übersehen.«

Er sah sich die Zeitleiste und das Flussdiagramm der Beteiligten an, das sie skizziert hatte. Der Bruchteil eines Gedankens plagte ihn, etwas Wichtiges, jedoch undeutlich. Es lag irgendwo im Hinterstübchen seines Gehirns und er kam nicht dran. Sobald er meinte, es zu wissen, war es auch schon wieder weg. Er kratzte an den Bartstoppeln, die sein Kinn nach einem Tag ohne Rasur bedeckten, und drehte die Seite des Büchleins zur Zeitleiste um.

»Moment mal. Die Zeitleiste beginnt zu spät.«

Olivia blickte ihm über die Schulter. »Was meinst du damit? Sie beginnt mit dem ersten bekannten Ereignis.«

»Carlas Tod.«

»Richtig.«

Er nippte an seinem Kaffee. »Aber sie wurde getötet, weil sie etwas erfahren hat, nicht wahr?«

»Richtig. Meine Vermutung ist, dass sie etwas über QL und Boko Haram herausgefunden hat. Was, weiß ich nicht.«

»Was auch immer sie entdeckt hat, es geschah vor dem 6. Juli. Es geht gar nicht anders. Alles, was danach geschah, hängt *damit* zusammen, nicht mit Carlas Mord.«

Ihre Augen glänzten vor Aufregung und sie

nahm den Bleistift auf. »Erzähl mir alles nochmal von vorn. Carla bekam einen Hinweis, dass Boko Haram die Botschaft bombardieren würde, richtig?«

»Richtig. Es gab da einen einheimischen Geistlichen, der ihr als Informant diente. Er ist derjenige, der sie kontaktiert hat.«

»Wie?«

Er runzelte die Stirn. »Wie?«

»Hat er es über einen Vermittler getan? Eine alleinstehende Amerikanerin und ein muslimischer Geistlicher haben wahrscheinlich nicht miteinander herumgegaukelt, oder?«

»Richtig, sie haben sich die Nachrichten über einen Antiquitätenhändler übermittelt. Carla traf ihn auf dem Wuse Market.«

»Woher kannte sie ihn?«

Er zuckte mit den Schultern. »Sie hat ihn bei einem Botschaftsdinner kennengelernt. Sie hat sich dort als Künstlerin ausgegeben. Sie hat sich immer bei Botschaftsveranstaltungen herumgetrieben. So lernte sie auch Jillian kennen.«

»Dieser Antiquitätenhändler, war er Nigerianer?«

»Nein. Amerikaner. Ein Ex-Pat.«

»Aha. Gab es chinesische Staatsangehörige in Carlas Kreisen?«

Er schloss die Augen und durchsuchte die Festplatte seines Gedächtnisses, indem er Gesicht für Gesicht und Namen für Namen durchblätterte. Er öffnete die Augen. »Nein.«

»Sicher?«

»Da bin ich mir sicher. Es gehörte zu meinen Aufgaben, so etwas zu wissen.«

»Kapiert.« Sie zischte einen Atem aus. »Wir brauchen Ryan, um uns die Reisen und Anrufe von Senator Townes in den Wochen vor dem 6. Juli anzusehen.«

Er grinste sie an. »Richtig.«

»Worüber lächelst du?«

»Wir haben einige Fortschritte gemacht, und Chelsea wird nicht vor ein paar Stunden zurück sein. Was hältst du von einem kleinen Ausgleich zu dieser harten Arbeit? Er stand auf und drückte sie sanft gegen die Wand.

Sie legte ihren Kopf zurück, und er bedeckte ihren entblößten Hals mit Küssen. Sie grub ihre Fingernägel in seinen Allerwertesten und miaute wie ein Kätzchen. Als sie wieder Luft holte, befreite sie sich aus der Umklammerung, packte seine Hand und zog ihn ins Schlafzimmer.

Olivia träumte von einem geschäftigen Markt. Sie war noch nie in Abuja gewesen, also stellte sie sich einen mexikanischen Markt vor. Auf dem Markt flüsterte Carla Ricci etwas einem Mann zu. Olivia streckte sich, um ihn zu sehen, aber sein Gesicht war im Schatten.

Sie schlich über den Markt, schlängelte sich zwischen den Ständen hindurch und wich lauten, rennenden Kindern aus. Da!

Aber nein, er verschwand hinter einem hohen, aufgerollten Teppich. Sie wurde ganz nervös im Traum. Dreh dich einfach um. Ein Verkäufer rief ihn und er drehte sich um fünfundvierzig Grad. Ja, dreh dich weiter. Umdrehen, umdrehen–.

Sie wachte auf und schnappte nach Luft.

Trent blickte sie besorgt mit seinen sanften Haselnussaugen an. »Alles in Ordnung?«

Sie brachte ihre Atmung unter Kontrolle und schob sich die Haare aus den Augen. »Ja. Ich hatte gerade einen seltsamen Traum.« Sie blinzelte. »Wie spät ist es?«

Er zog sie an sich heran und sie legte ihre Wange auf seine bloße Brust. »Es ist halb zwei Uhr nachmittags.« Du warst außer Gefecht.«

»Jemand hat mich ausgelaugt.«

»Diesem Jemand tut es überhaupt nicht leid.« Er streichelte ihre Haare.

Sie lachte. »Wir sollten rausgehen, eine Wanderung machen und dann ein spätes Mittagessen genießen. Es ist Samstag, oder?«

»Den ganzen Tag.«

»Chelsea hat an den Wochenenden Hilfe im Laden. Sie wird bestimmt gleich kommen. Ich kann mir nicht vorstellen, dass sie den Weg im Dunkeln zurückfahren will.«

»Eine Wanderung und ein Mittagessen. Hmm. Okay, wir können den Berg erkunden. Aber ich behalte mir das Recht vor, meine Erkundung von Olivia Santos fortzusetzen, wenn wir zurückkommen.«

Sie stützte sich auf ihre Ellbogen. »Das lässt sich machen.«

»Gut. Es gibt noch unermessliche Schätze zu entdecken. Ich kann es fühlen.«

Sie verdrehte ihre Augen bei ihrer Dreistheit und machte ein ernstes Gesicht. *Unermessliche Schätze. Der Mann auf dem Markt in meinem Traum.*

Sie warf die Decke zurück und sprang aus dem Bett.

»Was ist los?«

»Ich weiß, wer Carla hereingelegt hat. Zumindest glaube ich, es zu wissen.«

»Wer? Wie?«

Sie schob ihre Beine in die Jeans und fummelte nervös an der Knopfleiste herum. »Da war ein Typ, ein anderer NOC, der Urlaub hatte, kurz bevor ich zu meinem Einsatz aufgebrochen bin. Mein Vorgesetzter hatte ein Mittagessen mit ihm organisiert, damit ich mit jemandem reden konnte, der den Job kannte und dieses spezielle Leben lebte.«

»Okay. Und das war vor drei Jahren?«

»Ja, fast vier. Wie auch immer, dieser Kerl lebte schon eine Ewigkeit in Westafrika, ein ganzes Jahrzehnt. Er war als Schatzsucher getarnt. Er sagte, der afrikanische Kontinent sei voll von ›unermesslichen Schätzen‹. Ich erinnere mich.«

Trent schüttelte den Kopf. »Ich bin verwirrt. Ein schatzsuchender NOC ist doch kein Antiquitätenhändler.«

Sie schnürte ihre Schuhe. »Nein, das ist er nicht. Aber ich habe später durch die Gerüchteküche erfahren, dass er sich weniger engagieren wolle. Nicht aufhören, einfach nur weniger herumreisen. Er wollte stationär sein. Sie stationierten ihn in Nigeria.«

»Bist du dir da sicher?«

»Ziemlich, aber er ist nicht mehr da. Als ich die Erlaubnis erhielt, in die Staaten zurückzukehren, um meine Großmutter zu besuchen, war davon die Rede, dass ich das Bureau of Western Hemisphere in Langely besuchen sollte. Es klappte nicht, weil die Direktion mit der Einführung des neuen Direktors für die MENA-Region beschäftigt war.«

»Der Geheimdienst für die MENA-Region, also der Nahe Osten und Nordafrika, hat einen neuen Direktor? Das ist eine Bombenstellung.«

»Absolut. Und er wäre vom Geheimdienstausschuss des Senats bestimmt worden.«

»Anglin und Townes.«

»Richtig.«

Er lief wie ein Tiger im Schlafzimmer auf und ab. »Du denkst also, dass sie ihm den Job als Belohnung zugeschoben haben.«

»Das Timing passt so gut, dass ich mir nichts anderes als eine Gegenleistung vorstellen kann. Es erklärt auch, warum ich fast in Strawberry Fields gelandet bin, es erklärt die Burn Notice, es erklärt einfach alles. Er hat die Situation intern, durch den Geheimdienst manipuliert.«

»Er ist unser fehlendes Puzzleteil.«

»Die Verknüpfung, die alle einzelnen Fäden zusammenführt.«

»Wir müssen uns mit Ryan in Verbindung setzen.«

Bevor sie antworten konnte, hörten sie das Geräusch eines Motors, der sich den Berg hinaufkämpfte. Sie rasten zum Vordereingang der Hütte und sahen Chelseas SUV über das felsige Gelände holpern. Chelsea hob eine Hand zur Begrüßung. Olivia sah eine Silhouette auf dem Rücksitz und der stellvertretende US-Staatsanwalt Ryan Hayes saß neben Chelsea auf dem Beifahrersitz.

10

»**D**u bist genau der Mann, den wir sehen wollten«, sagte Trent zu Ryan, noch bevor der Staatsanwalt aus dem Auto gestiegen war.

Ryan schloss die Autotür und wandte sich mit einem grimmigen Blick Trent zu.

»Das bezweifele ich.«

Trent sah Olivia verwirrt an.

»Nein, wirklich«, warf sie ein.

Chelsea und der Passagier auf dem Rücksitz, der sich als Leilah Khan entpuppte, gingen mit ebenso niedergeschlagenen Blicken zu den anderen hinüber.

Trent rutschte das Herz in die Hose. »Oh-oh. Was ist los?«

»Warum machen wir nicht ein Feuer, setzen uns raus und reden zusammen?«, schlug Chelsea vor.

»Und warten auf die anderen«, fügte Leilah hinzu.

»Die anderen?«

Sie blinzelte unschuldig mit den langen, dicken Wimpern. »Ich habe meinem Bruder erzählt, was los ist.«

»Leilah—«

»Chelsea hat mir nicht gesagt, dass ich es Omar *nicht* sagen soll. Sie hat nur gesagt, ich soll es *Ryan* erzählen. Also habe ich es beiden erzählt.«

Trent seufzte. »Du hast andere im Plural gesagt.«

»Omar bringt Jake und Marielle Moreau mit«, erklärte Ryan.

»Oh! Das ist eigentlich eine gute Sache. Elle kann uns helfen«, sagte Olivia.

Trent war sich nicht sicher, ob er ihre Begeisterung teilte. Ein mächtiges, zwielichtiges Netzwerk zu Fall zu bringen, das versucht, dich zu töten, war nicht unbedingt ein Gruppenprojekt. Er wollte diese Menschen nicht in Gefahr bringen.

Er betrachtete ihr Gesicht. Er wusste von Omars halb-regulärem Kartenspiel, dass Ryans Pokerface ziemlich stark war. Dennoch hatte er es im Gefühl, dass etwas nicht stimmte.

»Klar, lasst uns ein Feuer machen. Wir haben euch eine Menge zu erzählen. Aber zuerst sagst du uns, was los ist. Irgendwas ist im Busch. Spucks aus.«

Ryan nickte. »Man hat mich vom Fall abgezogen. Mein Nachfolger stellt morgen einen Antrag auf Abweisung der Anklage gegen Senator Townes. Und ich bin auch aus dem Anglin-Fall raus.«

Trent stöhnte. »Du machst Witze.«

»Ich wünschte, es wäre so. Meine Sektionsleiterin hat mich beurlaubt. Sie verlangen, dass sie mich feuert.«

»Wer verlangt von ihr, dass sie dich feuert?«, sondierte Olivia.

Ryan hob die Augenbrauen an. »Wer tut das *nicht*? Das Verteidigungsministerium, der Marshal Service, die Senatoren natürlich. Ich denke, dass ich noch ein paar vergessen habe. Na ja, immerhin habe ich einen Mann gedeckt, der wegen Mordes an einem Konteradmiral gesucht wird, um nur einen meiner zahlreichen Fehltritte zu nennen. Ich kann es ihnen nicht verübeln.«

Leilah rieb seine Schulter. »Alles wird gut.«

Er zuckte mit den Achseln. »Also, du kannst mir gerne etwas erzählen, aber ich bin machtlos und kann dir nicht mehr helfen. Und du wirst auf jeden

Fall wegen Mordes und versuchten Mordes gesucht.«

»Aber Leilah hat dir von Dane Michaels erzählt, nicht wahr? Er hat Dreck am Stecken«, betonte Olivia.

»Dane Michaels ist verschwunden. Genau wie Craig Martin. Die Fälle stürzen ein, Leute.«

Trent drückte seine Handfläche gegen die Stirn. »Ich muss nachdenken.«

Chelsea ging in Richtung Rückseite der Holzhütte. »Ich zünd schon mal das Feuer an.«

»Ich helfe dir«, bot Leilah an.

Chelsea lachte. »Das ist ein Ein-Frau-Job.«

»Nun, dann schaue ich zu. Ich habe noch nie zuvor ein Feuer gemacht. Ich möchte sehen, wie das geht.«

Trent nickte. Es überraschte ihn nicht, dass Leilah, die mit hochhackigen Stiefeln, makellos aufgetragenem Make-up und einem Outfit, das wahrscheinlich mehr kostete als Trents Auto, zu einer abgelegenen Hütte kam, nicht in die Geheimnisse von Lagerfeuern eingeweiht war.

»Kommt, dann gehen wir alle.« Ryan bot Leilah seinen Arm an.

Trent und Ryan schleppten zwei weitere umgestürzte Baumstämme heran, um für zusätzliche Sitzgelegenheiten rund um das Feuer zu sorgen, während Chelsea das Feuer schürte und Leilah sie mit Fragen überhäufte. Als Trent an Olivia vorbeiging, streckte sie die Hand aus und verknüpfte ihre Finger mit seinen.

»Wir werden eine Lösung finden«, flüsterte sie.

Er steckte ihr eine Haarsträhne hinters Ohr und küsste sie sanft auf die Stirn. »Ich weiß.«

Sie hatte recht. Das würden sie. Aber da man Ryan jetzt aus dem Verkehr gezogen hatte, konnten sie nicht mehr auf seine Hilfe zählen. Jeder Erfolg würde durch einen noch größeren Rückschlag neutralisiert. Er ließ sich auf dem Baumstamm neben ihr nieder und legte einen Arm über ihre Schulter.

Drei Augenpaare registrierten diese Geste mehr oder weniger überrascht. Olivias Cousine stellte die unbeantwortete Frage.

»Also, ihr beide, ihr seid jetzt so etwas, wie eins?«

Olivia errötete. Trent räusperte sich. »Wir sind in der Tat eins.«

Leilah quietschte und Ryan gab Trent einen Klaps auf die Schulter. »Endlich.«

Chelsea lehnte sich hinüber und flüsterte: »Ich hoffe, du hast die – gefunden.«

»–, ja, habe ich. *Wie auch immer*«, sagte Olivia

eindringlich, »wir haben folgendes herausgefunden.«

Trent und Olivia erklärten abwechselnd, was sie entdeckt hatten, während Ryan sie mit Fragen überhäufte.

Schließlich sagte Trent: »Also, kurz gesagt, Senator Townes hat seiner Nichte über einen CIA-Vermittler den Auftrag erteilt, Carla eine Falle zu stellen. Carla wurde ermordet, Jillian nach Peking versetzt und der NOC befördert. Das war die erste Etappe.«

Olivia nahm den Faden auf: »In der zweiten Etappe wurde ich als chinesische Doppelagentin identifiziert, meine Tarnung wurde vernichtet und Senator Anglin versuchte, mich zu töten. Als das ans Licht kam und ich sagte, ich würde als Zeugin auftreten, gingen diese miesen Schauspieler zur dritten Etappe über.«

»In der die CIA versuchte, uns auszuräuchern, in dem sie dieses Gerücht über Boko Haram in die Welt setzten. Lloyd Sampson wurde ermordet. Als der Versuch, es wie Selbstmord aussehen zu lassen, scheiterte, hat man mir das in die Schuhe geschoben. Olivia fand das QL-Satellitentelefon mit der Nachricht von Townes in Carlas Sachen, und du hast sie in Schutzhaft genommen.«

»Einer dieser miesen Schauspieler hat einen Anschlag auf Trent verübt, weil er wusste, dass du ihn mit mir zusammen in einen geheimen Unterschlupf bringen würdest, die beste Gelegenheit, uns beide außer Gefecht zu setzen.«

»Aber Olivias Engagement für Fitness und gesundes Leben hat unseren Hintern gerettet ... und jetzt sind wir hier«, beendete Trent.

Im Hintergrund vernahm man ein langsames Klatschen. Er drehte sich um und sah Marielle, Jake und Omar in einer Reihe neben der Hütte stehen.

»Das ist eine beeindruckende Geschichte«, bemerkte Omar und applaudierte immer noch. »Nun, wie können wir dir helfen?«

Neben ihm stand Jake wie angewurzelt da und starrte mit offenem Mund auf Olivias Cousine. Schließlich klappte er ihn zu.

Chelsea wurde ganz blass und ihre Sommersprossen stachen hervor. »Jake?«

»Chelsea Bishop? *Du bist* Olivias Cousine?«

O livia zog Chelsea in die Hütte hinein. »Was ist los? Du siehst aus, als hättest du einen Geist gesehen.«

»Hab ich auch.«, murmelte Chelsea.

»Kennst du Jake West?«

Chelsea rieb sich die Schläfen mit den Fingern, als wolle sie Spannungskopfschmerzen wegmassieren. Dann pustete sie aus. »Erinnerst du dich, als ich nach Berkley ein Jahr Auszeit genommen habe und den California Coastal Trail gewandert bin?«

»Ja. Oregon nach Mexiko, richtig?«

»Richtig. Nun, du hast zur gleichen Zeit deine CIA-Ausbildung gemacht und warst ziemlich unerreichbar.«

Sie nickte. Sie erinnerte sich an eine seltsame Postkarte und vielleicht einen Anruf oder zwei von Chelsea, aber sonst hatten sie keinen Kontakt gehabt.

»Sicher.«

»Ich bin nicht allein gewandert. Ich bin damals mit einem Typen gegangen, Jake. Nichts Ernstes. Es war ohne jede Bedeutung, aber wir beschlossen aus einer Laune heraus, den CCT zusammen zu wandern.«

Olivia zuckte zusammen. »Es ist nicht gut gelaufen, was?«

Chelsea schloss die Augen. Ihre Stimme wurde leiser. »Nein, eigentlich ist es super gelaufen. Es war wundervoll. Wir haben uns ineinander verliebt. Nun, ich habe es aber trotzdem getan.«

»Chels, was ist passiert?«

Sie öffnete die nun tränengefüllten Augen. »Als wir nach Mexiko kamen, haben wir einen Abstecher zu diesem Ferienort am Strand gemacht, um unsere erfolgreich abgeschlossene Wanderung zu feiern. Es war wundervoll. In unserer letzten Nacht erzählte er mir, dass er sich bei der Luftwaffe eingeschrieben hatte und er am nächsten Morgen zur Grundausbildung aufbrechen müsste. Wir haben gestritten. Ich ging runter in die Bar, um meine Sorgen zu ertränken und habe die ganze Nacht mit ein paar Mädels aus einer Studentenverbindung von irgendeinem College in Tennessee getanzt. Als ich mich zum Sonnenaufgang ins Zimmer schleppte, war Jake weg.«

»Einfach so ... weg?«

»Ja. Und ich habe ihn seither weder gesehen noch habe ich etwas von ihm gehört. Was *tut* er hier?«

Olivia legte einen Finger an ihre Lippe und

drückte den Daumen ans Kinn, während sie darüber nachdachte, wie sie es am besten erklären kann. Schließlich sagte sie:

»Jake ist mein Sicherheitsberater. Und Trents Chef. Er ist der Eigentümer von Potomac Private Services an der Grenze zu West Virginia.«

»Ich verstehe das nicht. Er ist nicht Soldat geworden?«

»Doch, doch. Er war ein PJ, ein Rettungsfall-schirmspringer. Air Force Special Forces, eine graue Baskenmütze. Trent sagte, dass er während eines Rettungseinsatzes schwer verletzt wurde und einen Haufen Reha machen musste. Nach seiner Entlassung gründete er Potomac.«

Chelsea schüttelte den Kopf. »Ich kann es nicht glauben, dass er hier ist.«

»Ich kann ihn bitten, zu gehen.«

»Nein. Es scheint, als ob er in der Lage wäre, euch zu helfen. Ich kann es nicht. Ich werde gehen.«

»Chels–«

Sie mimte ein dünnes Lächeln. »Ist schon in Ordnung, wirklich.«

Bevor Olivia antworten konnte, steckte Jake den Kopf ins kleine Schlafzimmer. »Kann ich kurz mit dir reden?« Er blickte Chelsea fest in die Augen.

»Äh, ja. Warum nicht.«

»Ich lass euch mal allein.« Olivia machte sich auf den Weg zur Tür.

»Nein! Bleib!« Chelseas Stimme klang hart.

»Alles klar.« Sie lehnte sich gegen die Wand und wünschte, sie wäre jetzt woanders.

»Hör mal, bevor du jetzt eine lange Geschichte erzählst, ich gehe jetzt gleich. Wir müssen das ... nicht wiederkäuen, verstehst du?« Chelsea hob ihr Kinn und starrte Jake trotzig an.

Er schluckte hörbar. »Da bin ich ganz anderer Meinung. Wir müssen das ... wiederkäuen, verstehst du? Aber jetzt ist vielleicht nicht der richtige Zeitpunkt. Wir brauchen deine Hilfe.«

»*Meine* Hilfe?«

»Ja, deine Hilfe. Omar hat Kontakt zum U.S. Marshal Service. Die Drogenfahndung arbeitet permanent mit ihnen zusammen.«

Olivia nickte sich selbst zu. Das ergab keinen Sinn.

»Und?«

»Dieser Freund von Omar sagt, dass Dane Michaels ein Prepper ist, d.h. er ist auf jedwede Art von Katastrophe oder Notfall vorbereitet. Er hat irgendwo ein verstecktes Loch in Maryland, in der Nähe vom Catoctin Mountain. Ich bin mir ziemlich sicher, dass wir auch Craig Martin bei ihm finden werden. Du kannst mir helfen, sie zu finden – ich weiß, dass du es kannst.«

Da hatte er recht. Chelsea war der perfekte Partner für die Mission. Olivia fragte sich nur, ob sie sich dazu überreden könnte.

Als ob sie Olivias Gedanken spürte, richtete Chelsea ihre grünen Augen auf Olivias Gesicht und atmete zitternd aus. »Das mache ich für Olivia.«

Jake setzte ein breites Lächeln auf. »Ausgezeichnet. Danke. Ihr zwei solltet jetzt wieder nach draußen gehen. Wir bereiten den Plan vor.«

Sie folgten ihm durch die Tür.

»Du musst das nicht tun«, flüsterte Olivia.

»Ist schon in Ordnung, Liv. Ich möchte das.«

11

O livia ballte die Hände an den Hüften und spie wie ein Drache Feuer auf Trent.

»Auf keinen Fall. Ganz bestimmt nicht.«

»Olivia – «, begann er, und weiter kam er nicht.

»Wir können es nicht zulassen, dass sich unsere Freunde in Gefahr begeben, während wir hier auf einem Berggipfel sitzen und Däumchen drehen«, tobte sie und ihre Augen blitzten.

Er hob beide Hände hoch. »Lass mich das erklären, okay?«

»Nein.«

Er blickte Marielle flehend an. *Bring deine beste Freundin zur Vernunft, bitte.*

Marielle seufzte. »Hör auf, Olivia.«

Der warnende Ton in ihrer Stimme ließ Olivia blinzeln. »Wie bitte?«

»Das ist ein guter Plan, und das weißt du auch.« Sie drückte Olivia einen Finger in den Brustkorb. »Du bist nur sauer, weil du hier in der Holzhütte feststeckst. Aber du drehst keine Däumchen, du bist *nicht* untätig.«

Olivia öffnete den Mund, aber Trent unterbrach sie sofort. »Schau mal, du gibst doch zu, dass Jake und Chelsea das richtige Paar sind, um auf dem Catoctin Mountain nach Martin und Michaels zu suchen, oder?«

»Ja«, hauchte sie.

»Und du stimmst doch auch zu, dass das Nationalarchiv auf ihrem Weg liegt, ja?«

»Sie fahren direkt an DC vorbei, um zu diesem Berg zu gelangen?«, fragte Marielle beharrend.

»Ja.«

»Also ist es doch sinnvoll, wenn sie mich und Omar am Nationalarchiv absetzen, um dort die öffentlichen Computer für die CRST-Suche zu verwenden.«

»Aber das könnte ich doch tun.«, protestierte Olivia.

»Sicher *könntest* du das, aber es ist besser, wenn ich das mache. Ich erkenne Muster in digitalen

Daten wie kein anderer. Es ist buchstäblich mein Job, erinnerst du dich?«

»Aber es ist gefährlich.«

»Deshalb hat sie ja mich«, betonte Omar. »Sie ist das Gehirn, ich bin der Muskelprotz.«

Trent konnte förmlich sehen, wie Olivias Mauer des Widerstands einen weiteren Riss bekam und sie ließ sich auf einen Baumstamm fallen.

Aber sie erholte sich schnell. »Also erzähl mir noch einmal, warum wir einen *Staatsanwalt* aussenden, um in einen Tatort einzubrechen? Das ergibt keinen Sinn.«, betonte sie.

»Ich übernehme diese Erklärung«, bot Ryan an. »Die Polizei von Chantilly ist nicht an das Bundessystem angeschlossen. Es ist unwahrscheinlich, dass sie gehört haben, dass ich derzeit eine Persona non grata bei der Justiz bin. Sie werden an nichts Böses denken, wenn sie zufällig an Lloyd Sampsons Haus vorbeifahren und mich dort sehen. Es handelt sich hier schließlich immer noch um eine aktive Mordermittlung. Basierend auf dem, was du mit Trent erarbeitet hast, muss Sampson Beweise gehabt haben, die Townes oder Anglin mit Boko Haram verbinden, aber er war sich nicht ihrer Bedeutung bewusst. Ich werde sie finden. Ich finde sie schnell und bin schon verschwunden, bevor es jemand merkt.«

»Und falls nicht, hat er einen Fluchtfahrer.« Leilah strahlte sie an. »Ich schwöre dir, dass ich in Nullkommanix den Abgang machen kann – sogar im riesigen, klobigen SUV meines Bruders.«

Trent hockte neben dem Baumstamm, auf dem Olivia saß und schaute sie an. »Meinst du vielleicht, dass du in all dem *deine* Rolle nicht ausführen kannst? Hast du deshalb keine Lust, mit Mateo zu reden?«

Er konnte es ihr nicht verübeln. Bei dem Gedanken, dass sie ihren Ex-Mann anrief, um Informationen aus ihm herauszuquetschen, wurde ihm mulmig. Aber sie winkte die Frage ab.

»Nein. Ich meine, sicher hätte meine Seele endlich Ruhe, wenn ich nie wieder mit Mateo Flores sprechen müsste. Aber das ist es nicht, was mich stört. Wir bitten unsere Freunde, viel zu riskieren – ihre Jobs, vielleicht ihr Leben –, nur um uns zu helfen. Ich will nicht, dass sie Risiken eingehen, die wir nicht eingehen.«

»Ich weiß.« Wirklich. Weiß Gott, er wusste es. »Du bist eine Leaderin. Leader führen an. Das ist genau das, was wir tun. Aber Olivia, bedenke doch, wir werden wegen versuchten Mordes gesucht. Wir sind Flüchtige. *Wir* können nicht in das Nationalarchiv oder in Lloyd Sampsons Haus wandern. *Die anderen hier* können das.«

Sie zog die Augenbrauen hoch und eine Reihe von Falten säumte ihre Stirn. »Ich mag es nicht.«

»Ich weiß, Liebes, ich auch nicht.« Er machte eine Pause. »Erinnerst du dich, wie wir gestern Abend davon gesprochen haben, unabhängig zu sein?«

»Ja?«

»Es ist eine Stärke, aber es kann auch eine Schwäche sein. Das ist keine Situation für einen einsamen Wolf. Absolut nicht. Es gibt zu viele bewegliche Teile. Wir haben Freunde, die uns helfen wollen. Der Schachzug ist, es zuzulassen.« Sie blickte auf die sechs Männer und Frauen, die um sie herumstanden und alle bereit waren, alles für sie aufs Spiel zu setzen.

Olivia hob den Kopf an und blickte fragend in ihre Gesichter. Endlich atmete sie laut aus und stand auf. »Gut. Einer von euch gibt mir bitte ein Satellitentelefon.«

Chelsea eilte nach vorne und knallte ein robustes Plastik-Satellitenhandy in Olivias ausgestreckte Handfläche. »Nimm meins. Mateo könnte sogar die Nummer erkennen. Ich habe im

Laufe der Jahre ein oder zwei Mal bei dir angerufen.«

»Danke. Und Chelsea – euch allen – danke. Für alles.« Sie fuchtelte mit ihrer freien Hand herum und konnte nicht die passenden Worte finden.

»Du und Trent, ihr würdet dasselbe für jeden von uns tun«, sagte Ryan zu ihr.

»Das wissen wir alle.«

Als sie beobachteten, wie sich ihre engsten Freunde vor dem Eingang der Holzhütte gruppierten, zog sich Trents Brust zusammen. Er zog Olivia an sich heran, legte seinen Arm um ihre Schulter und tauschte mit ihr die Energie aus, die sie beide in diesem Moment benötigten.

Olivia blickte auf das Telefon, als wäre es ein Skorpion. Trotz ihrer Großspurigkeit gegenüber Trent, drehte sich ihr der Magen um bei dem Gedanken, Mateo anzurufen. Sie schluckte und hatte Sodbrennen.

Trent betrachtete ihr Gesicht. »Willst du vielleicht erst einen Schluck Wasser trinken?«

Ja.

»Nein.«

Wenn sie es jetzt aufschöbe, würde sie es nie tun. Sie streckte den Rücken und tippte die Rufnummer der Villa ein. Sie konzentrierte sich darauf, tief zu atmen, als sie auf die Verbindung wartete.

»Señor Flores' Residence«, flötete die sanfte Stimme von Anita, der Hausverwalterin, zunächst auf Spanisch, dann auf Chinesisch und schließlich auf Englisch.

»Hola, Anita. Ich bins – Olivia.«

Anita, die Olivia noch nie sprachlos gesehen hatte, schwieg am anderen Ende des Telefons.

»Anita? Ist Mateo da? Ich muss dringend mit ihm sprechen.« Sie warf einen Blick auf Trent, der ihre Hand ermutigend drückte.

»Natürlich, Señora. Einen Moment, bitte.«

Señorita, korrigierte sie Anita stillschweigend.

Während die Sekunden vergingen, fragte sie sich, ob Mateo ihren Anruf überhaupt annehmen würde. Sie hätte sich vorstellen können, dass sein grausames Wesen Überhand gewinnt und er sich nicht die Gelegenheit entgehen ließe, sie zu beleidigen. Vielleicht auch nicht. Und was dann?

Gerade als sie sich an Trent wandte, um ihm zu sagen, dass der Anruf ein Schuss in den Ofen war, dröhnte Mateos Stimme in ihr Ohr. »Olivia, entschuldige, dass dich habe warten lasse. Ich war ziemlich beschäftigt mit meiner neuen Braut.«

Sie hätte bei dieser Bemerkung fast gewürgt, stattdessen setzte sie ein Lächeln auf und sagte honigsüß: »Ich wusste ja gar nicht, dass du wieder geheiratet hast. Herzlichen Glückwunsch und die besten Wünsche an Frau Flores.«

»Ja, wir sind sehr glücklich. Du erinnerst dich an Grace Yáo?«

Sie hatte das Gefühl, ihr würden die Haare zu Berge stehen. »Du hast Wang Lei Yáo's Tochter geheiratet?«

Trent schüttelte fragend den Kopf. Sie schnappte sich Chelseas Notizbuch und schrieb: *Tochter des Präsidenten von Qīng Líng Global. Der Big Boss.*

Mateo lachte. »Ja, ich mache einen schönen Satz nach oben mit ihr.«

Sie registrierte diese dumme Bemerkung kaum. Wie hatte er es geschafft, Grace Yáo zu heiraten? Okay, das Unternehmen mochte Mateo. Er erzielte Ergebnisse. Aber er war ein Außenseiter, ein Ausländer.

»Wow.« Ihre Reaktion war echt, also könnte sie auch etwas herumstochern.

»Wow, in der Tat. Nach ... der Vorfall ... als ich der Firma sagen musste, dass meine verräterische Frau uns ausspioniert hatte, befürchtete ich, dass mein Vermögen nach und nach schwinden würde. Stattdessen wurde ich zu Höherem berufen.«

»Ach, tatsächlich?« Sie zog eine Augenbraue hoch. Das war unlogisch.

»Sie haben meine Ehrlichkeit geschätzt. Und sie haben verstanden, dass ich nichts für deine Doppelzüngigkeit kann. In der Tat wurde ich befördert.«

»Aha?« Sie erkannte, dass sie sich wie ein Volldepp anhörte, aber das schien ihren Ex-Mann nicht zu stören.

»Bin ich. Nächsten Monat brechen Grace und ich zu meinem neuen Posten in Lagos auf.«

»Lagos?«, parodierte sie.

»Das ist in Nigeria«, sagte er, als würde er mit einem kleinen Kind sprechen.

»Ich weiß, wo das ist, Mateo«, erwiderte sie trotzig. »Aber ich dachte, QL hätte keine unmittelbaren Pläne für eine westafrikanische Präsenz.«

»Ja, nicht auf dem Verbrauchermarkt. Das stimmt. Aber ich leite ein neues, sehr wichtiges Projekt. Streng geheim.« Seine ölige Stimme legte noch eine Schicht eitler Selbstgefälligkeit drauf.

Sie unterdrückte ein Seufzen und spielte weiter.

»Oooo, das klingt faszinierend. Ich wette, es ist etwas ganz Spezielles. So etwas wie Funksprechgeräte.«

Sie lächelte bei dieser Stichelei in sich hinein. Mateo hatte sich für Funksprechgeräte auf dem mexikanischen Markt eingesetzt, und die Idee hatte sich als ein Flop herausgestellt. Es war sein größter Misserfolg.

»Nein, du Dummkopf. Keine Funksprechgeräte. Kommunikationsmittel für das nigerianische Militär.« Er schrie sie förmlich an, und dann verstummte die Leitung, als er merkte, dass er zu viel gesagt hatte.

Sie wartete einen Moment und sagte dann: »Äh, das klingt für mich nicht sehr aufregend.«

Er sprang auf den Köder an. »Ja, klar. Das ist es auch nicht. Es ist nicht einmal wirklich eine Beförderung. Es ist eher ein Quereinstieg. Aber Grace will in Lagos leben, sie liebt diese Stadt. Und wie ihr Amerikaner sagt: glückliche Frau, glückliches Leben.«

»Glückliche Frau, glückliches Leben«, hallte sie.

»Warum hast du eigentlich angerufen?« Sein Ton spitzte sich zu. Er war bereit, aufzulegen. Ihr sollte es recht sein. Sie hatte mehr herausbekommen, als sie sich jemals erträumt hatte.

»Die Aussteuertruhe meiner Großmutter. Du

weißt schon, die gewölbte Truhe auf dem Dachboden? Könntest du sie bitte an meinen Anwalt schicken? Selbstverständlich erstatte ich dir die Versandkosten.«

»Ich weise Anita an, all deine verbleibenden Gegenstände weiterzuleiten, bevor sie die Villa zum Verkauf anbietet.«

»Danke.«

»Natürlich. Aber, Olivia?«

»Ja?«

»An deiner Stelle würde ich mich nicht auf diese Aussteuertruhe verlassen. Ich kann mir nicht vorstellen, dass dich irgendein Mann noch haben will. So spröde und ausgetrocknet.«

Nachdem er das letzte Wort gehabt hatte, knallte Mateo den Hörer auf.

12

»Hast du das alles mitgekriegt?«

Trent nickte. Hatte er. Dieses Arschloch.

»Du weißt, dass er sich irrt – damit, ob du anziehend wirkst oder nicht. Weil ich kann dir versichern – «

»Mateos Worte haben schon vor vielen Jahren die Macht über mich verloren. Vergiss es. Hast du gehört, was er über Nigeria gesagt hat?«

Er betrachtete sie aufmerksam. Es schien unmöglich, dass Olivia so lässig über die Gemeinheiten ihres Ex-Mannes hinweggehen konnte, aber anscheinend schon. Sie blickte ihn mit großen Augen an und wartete auf eine Antwort.

»Ja, ich habe es gehört. Ich weiß, es gibt keine

Zufälle, aber alles, was wir jetzt haben, ist ein weiteres loses Ende, das wir zusammenfügen müssen.«

Sie schüttelte den Kopf. »Nein, das meine ich nicht. Ich denke, das ist der Schlüssel.«

»Sein neuer Job ist der Schlüssel?«

»Das bedeutet, dass wir von hier verschwinden müssen. Schnell. Schnapp dir eine Taschenlampe und das Erste-Hilfe-Set. Oh, und die wasserdichten Streichhölzer. Schnapp dir einfach, was du kannst.« Sie raste durch die Küche und warf schichtweise Kleider und Lebensmittel in einen der Rucksäcke.

»Hoppla, hoppla, langsam mit den jungen Pferden.«

Sie fuhr herum und schüttelte den Kopf. »Nein, wir können nicht herumtrödeln. Beeil dich bitte. Langley ist bestenfalls sechzig oder siebzig Meilen entfernt. Sie könnten in zwanzig Minuten mit einem Heli hier sein.«

»Warum sollte die CIA einen Hubschrauber hierher schicken wollen, Olivia?« Er packte sie am Arm. »Atme tief ein und sag mir, was du denkst.«

Sie atmete tief ein und dann lange und langsam aus. Als sie sprach, war ihre Rede weniger hektisch und maßvoller.

»Fertig. Ich habe tief Luft geholt. Zufrieden? Nun

pack bitte ein paar Sachen ein. Ich erkläre es, während wir packen.«

»Okay«, stimmte er zu und fing den Rucksack auf, den sie ihm zuwarf.

»Ich bin sicher, dass die chinesische Regierung meinen Anruf mit Mateo überwacht hat.«

Er schob eine Handvoll Energieriegel in die Tasche. »Das klingt plausibel.«

»Grace Yáos Familie ist unglaublich mächtig. Und die CIA ist sich fast sicher, dass ihr Vater ein chinesischer Spion ist. Also vergiss das Plausibel und gehe davon aus, dass es stimmt.« Sie zog eine wasserdichte Jacke an, während sie erklärte.

»Okay, Peking hat dein Telefongespräch mitgehört.«

»Und kann wahrscheinlich genau bestimmen, wo wir sind. Sie wissen, wo wir sind, Trent.«

Er glaubte durchaus, dass sie recht hatte. Doch es fehlte ihm noch etwas. »Und diese Information gelangt wie genau nach Langley?«

»Der Typ, der die MENA-Division leitet. Er arbeitet nicht für Boko Haram oder gar Senator Townes – er ist ein chinesischer Agent. War wohl so. Es ist alles miteinander verbunden und wir müssen jetzt los. Sofort.«

Sie warf Chelseas Satellitenhandy auf den Tisch

und sah sich noch einmal um. »Ich hasse es, ohne Telefon wegzulaufen, aber wir können nicht riskieren, es mitzunehmen.«

Trent lächelte. »Ich habe eine Überraschung für dich.«

Sie blinzelte. »Welche Art von Überraschung?«

»Ein Wegwerfhandy.« Er langte in seine Tasche und zog das billige Aufklapphandy heraus, das Omar ihm gegeben hatte.

»Wann? Wie?«

»Während du und Chelsea hier euer Herz ausgeschüttet habt, hat sie Omar verteilt. Er hatte vier davon. Er hat eins, ich hab eins, Ryan hat eins und Jake hat das Vierte.«

»Wer läuft denn mit vier Einmalhandys herum?«

»Er ist Undercover bei der DEA, Olivia. Er kauft sie wahrscheinlich in großen Mengen.«

»Auch wieder wahr. Du kannst sie ja anrufen, sobald wir eine sichere Entfernung vom Haus haben.«

Sie liefen durch die Hütte und gingen zur Hintertür hinaus. Als sie den Rand der Lichtung erreicht hatten, hielt Olivia an. »Die Wasserfälle liegen im Osten. Es müsste folglich eine Zufahrtsstraße für die Ranger auf der anderen Seite geben. Wir müssen aber durch den Fluss gehen. Das ist gut, um unseren Duft zu verdünnen, wenn sie Hunde mitbringen, aber schlecht, weil wir dann kalt und nass sein werden.«

»Was ist im Westen?«

»Keinen blassen Schimmer.«

»Ich glaube nicht, dass es ein kluger Schachzug ist, durchnässt zu werden – nicht, wenn wir wahrscheinlich heute Nacht im Wald schlafen müssen.« Er war ein Navy SEAL gewesen. Nass und kalt zu sein war einmal seine *Daseinsberechtigung* gewesen, aber es gab keinen Grund, Olivia diesen Bedingungen auszusetzen, wenn sie vermieden werden konnten.

»Ja, es ist im Westen«, stimmte sie zu.

Sie gingen etwa 3 Kilometer an der Gebirgslinie entlang, bis sie eine zerklüftete Schlucht erreichten. Er lag auf seinem Bauch und blickte über den Rand. »Es ist steil und felsig, aber der Strom sieht flach aus. Wenn wir ihn überqueren, sollten wir es hier tun.«

Sie schloss sich ihm an, lugte über den Rand der Klippe und prüfte die Spalte. »Okay. Dann los. Aber lass uns zuerst diese Anrufe machen. *Wenn* wir überhaupt einen Empfang haben, dann wahrscheinlich eher hier oben als da unten in der Schlucht.«

Er zückte das Telefon und schaltete es an. Sie

beugten ihren Kopf über den kleinen Bildschirm und beobachteten, wie das Ding hochfuhr, nach einem Signal suchte und scheiterte. Er sah sie an und schwor: »Wir werden einen Weg finden, sie zu kontaktieren.«

Sie nickte, erkannte aber Zweifel in seinen Augen. Er verstaute das Telefon, streckte die Hand aus und strich ihr mit dem Daumen über die Wange. »Ich versprechs.«

Sie packte seine Hand. »Tu das nicht. Das kannst du nicht garantieren. Wenn du mir etwas versprichst, dann möchte ich wissen, ob es auch echt ist.«

Er küsste ihre Hand. »Ich verspreche dir etwas Echtes. Wir *werden* uns mit den anderen in Verbindung setzen. Und du kannst dir sicher sein, dass ich jedes meiner Versprechen halte. Verstanden?«

Ihre Augen füllten sich mit Tränen und er dachte, sie würde gleich weinen, aber sie blinzelte ein oder zweimal und lächelte. »Verstanden.«

Sie vernahmen das ferne RRRRRRR, RRRRRRR, RRRRRRR eines Hubschraubers. Trent und Olivia sprangen auf die Füße und scannten den Horizont.

»Wenn wir ihn kapern, kannst du ihn fliegen?«, fragte sie hoffnungsvoll.

Abgesehen von der Aussicht auf eine Schießerei mit einer unbestimmten Anzahl von CIA-Agenten wäre es bestenfalls problematisch, den Hubi zu kommandieren.

»*Könnte* ich es versuchen? Vielleicht. *Sollte* ich? Nein. Ich war ein SEAL, du erinnerst dich? Marine, nicht Luftwaffe. Jake könnte es mit Sicherheit.«

Sie verdrehte ihre Lippen. »Ja. Wie schade. Los geht's.«

»Du zuerst. Langsam.«

Sie senkte sich in die Spalte ab und versuchte, Fuß zu fassen. Dann stieg sie seitlich hinunter und suchte nach ihrem nächsten Halt, während sie die steile Felswand hinunterkletterte. Er beobachtete ihren Fortschritt, bis sie etwa zwei Meter hinabgestiegen war. Das Geräusch der Propellerblätter des Helikopters wurde lauter.

Er klammerte sich an den Rand der Schlucht und ließ sich zum ersten Vorsprung hinunterfallen. »Alles klar da unten?«, rief er.

Sie blickte von unten hoch. »Alles klar. Fall bloß nicht auf mich drauf.«

So arbeiteten sie sich ihren Weg nach unten, einen Fuß nach dem anderen. Als er neben ihr aufkam, war sein Hemd schweißgebadet. Sie schüttelte die Hände aus.

»Also das hat wirklich keinen Spaß gemacht. Ich habe einen Krampf in der linken Hand.«

»Hier.«

Er umkreiste ihre linke Hand mit seiner und massierte ihr Handgelenk und die Druckpunkte in ihrer Handfläche.

»Danke.«

»Die andere Hand auch?«

Sie wollte gerade antworten, als rechts von ihr ein Zweig krachte, gerade hinter einer Biegung in der Wand. Olivia drehte sich abrupt um und hatte bereits die Pistole aus dem Holster gezogen.

Er hatte seine im gleichen Augenblick in der Hand, entsichert und zielte auf die blinde Ecke. Sein Herz pochte gleichmäßig. Seine Hand war felsenfest. Er atmete ein, dann aus. Bereit.

Eine Frau trat ins Blickfeld und gestikulierte mit einer eigenen Handfeuerwaffe.

»Nehmt diese verdammten Dinger runter«, befahl sie.

»Nicole?«, staunte Olivia.

Trent schielte in die Nachmittagssonne. Ja, plötzlich stand der stellvertretende Marshal Nicole Reese am Bachufer und hatte ihre Beamtenwaffe auf Olivia gerichtet.

13

Die Sonne spiegelte sich auf seltsam schöne Weise in Nicoles Pistole. Ganz oben auf dem Kamm hörte man das Geräusch eines landenden Hubschraubers. Zu Olivias Linken sprudelte der Strom vorbei. Die kühle Luft strich federweich über Olivias Haut. Und der schwach süßliche Duft von Schlufflehm stieg in ihre Nase.

Sie konzentrierte sich für einen Moment auf jedes einzelne dieser sensorischen Details, um ihre Reaktion zu verlangsamen und ihren Pulsschlag zu senken. Nach einer Weile sprach sie in einer ruhigen, klaren Stimme.

»Ich stecke jetzt meine Pistole wieder ins Holster, okay Nicole? Sie ist gesichert.«

Sie ließ das Gesicht des Deputy Marshals nicht aus den Augen, während sie ihre Waffe langsam ins Gürtelholster zurücksteckte. Dann hielt sie ihre Hände hoch. »Siehst du?«

»Gutes Mädchen. Du bist dran.« Nicole zeigte mit dem Kopf in Trents Richtung.

Olivia drehte sich um und sah, dass er die Lippen zusammenpresste und den Kopf zurückdrückte. Widerwillig, verweigernd, herausfordernd.

»Trent, tu es.«

»Bitte hören Sie auf sie, Mr Mann. Ich werde meine einstecken, sobald Sie Ihre verstaut haben. Sie haben mein Wort.«

Trent suchte ihr Gesicht und musste etwas gefunden haben, das ihn beruhigte, weil er nickte, die Pistole sicherte und sie wegsteckte.

»Gut.«

Wie versprochen, steckte auch der Deputy Marshal ihre Waffe ins Schulterholster zurück und Olivia atmete aus. Trent trat vor, stellte sich neben sie und berührte mit seiner linken Schulter ihre rechte.

»Nicole, wir hatten nichts mit der Explosion zu tun. Das musst du doch wissen.«, sagte Olivia, um diese Frau zu überzeugen.

»Nun, ich weiß, dass ihr weggelaufen seid.«

»Dein Kollege hat versucht, uns umzubringen!«

Tss. Nicole schnalzte mit der Zunge. »Meinst du nicht, dass ich das schon längst herausgefunden habe? Aber ihr beide habt mich zur Idiotin gemacht, nicht Michaels.«

»Er war bereit, auch dich zu töten«, betonte Olivia.

»Ich *weiß*.«

»Wenn Sie das wissen, warum macht uns dann der Marshal Service für alles verantwortlich? Warum werden wir wegen versuchten Mordes gesucht? Insbesondere, weil Ihr Kollege abgehauen ist. Kommt das niemandem in Ihrer Agentur verdächtig vor?«, wollte Trent wissen.

»Ach, das sind aber jetzt gute Fragen. Die Antwort ist, dass das Ganze bis zum Himmel stinkt. Jemand von ganz oben zieht die Fäden.«

Olivia stupste Trent.

Nicole bemerkte es und nickte. »Aber das weißt du ja alles.«

»Ja.«

»Wie haben Sie uns gefunden?«, fragte Trent.

»Ich bin ein US-Marshal. Habt Ihr niemals den Film »Auf der Flucht« gesehen? Sie schnaubte.

»Im Ernst, Nicole.«

»Im Ernst, werde ich euch alles erzählen, während wir unsere Hintern aus dieser Schlucht heraus bewegen. Ich nehme an, ihr wollt hier keine Wurzeln schlagen, wenn da oben jemand im Hubschrauber auf euch wartet.«

Womit sie recht hatte. »Geh voran.«

Nicole hielt ihre Hand wie ein Schülerlotse hoch. »Nun, bevor ich euch beiden meinen Rücken zudrehe, möchte ich eines klar stellen. Ich habe meine Waffe auf euch gerichtet, weil ich weiß, zu was ihr fähig seid – vor allem, wenn ihr in die Enge getrieben werdet. Ich bin eine Freundin. Ich bin hier, um euch zu helfen.«

»Du kommst also in Frieden«, witzelte Olivia.

»Ja«, antwortete sie ernst.

Olivia blickte ihr in die Augen. »Wir haben über einen Monat zusammen gewohnt. Ich weiß wie und wer du bist.«

Nicole lächelte. »Danke dafür. Natürlich hatte ich mir eingebildet, ich würde Dane kennen und nun seht ihr, was dabei herausgekommen ist.«

»He«, warf Trent ein. »Sie sind nicht Dane. Sie sind ein netter Mensch, Deputy.«

»Schmeichler.«

Nicole führte sie zu der Biegung im Fluss, wo sie ihn überquerten. Dann kletterten sie auf eine felsige

Böschung, auf der ein paar üppige grüne Bäume standen. Je weiter sie wanderten umso stärker wurde das Rauschen des Wassers.

»Wir überqueren die Wasserfälle?«, fragte Olivia.

»Nein. Wenn wir diesen Weg gehen, müssen wir durch den Fluss waten. Das ist ein Kinderspiel.«

Trent kicherte.

»Also jetzt verrat uns, wie du uns gefunden hast«, forderte sie Olivia auf.

»Mädchen, wer auch immer dieser bösartige Drahtzieher ist, um euch zwei zu finden, er hat eine Sache richtig gemacht. Seit dem Aussetzen der Belohnung stehen die Telefone nicht mehr still. Die meisten von ihnen sind falsch, mit Ausnahme dieses einen Anrufs, der von einem Mann kam, der ein nicht lizenziertes Taxi fährt und am Busbahnhof an der Rosslyn Metro steht.«

»Arjun? Das tut weh. Wir haben ihm hundert Dollar gezahlt. Ich habe mit ihm über Baseball und Kochrezepte geredet!« Olivia scherzte nur zum Teil.

»Wenn es ein Trost ist, er mochte dich sehr. Aber Geld ist Geld. Er hat mir erzählt, wo er euch abgesetzt hat. Dann bin ich zu Bordman's Biscuits and Breads gefahren und habe mir diesen Parkplatz angesehen. Schon merkwürdig, sich einfach so JWD am Stadtrand absetzen zu lassen. Zunächst dachte ich, ihr könntet zum Seehaus gelaufen sein. Dann entdeckte ich die Eisenbahnschienen, die direkt hinter der Fabrik verlaufen und dann wusste ich, wo ihr hingegangen seid. Du hattest deine Cousine um Hilfe gebeten.«

Olivia runzelte die Stirn und durchsuchte ihr Gedächtnis. »Wie konntest du von Chelsea wissen? Wir haben doch nie über sie gesprochen, oder?«

»Nein, aber Ryan hat im allerersten Bericht deine engsten Kontakte aufgeführt. Chelsea Bischof stand drauf. Also, habe ich mein großes altes Gehirn in Gang gesetzt und die Punkte miteinander verbunden. Als ich heute Nachmittag zu ihrem Laden kam, war sie schon weg.«

Sie hielt inne und schüttelte ungläubig den Kopf.

»Der Rest war einfach nur gutes altmodisches Glück. Ich bin ganz langsam durch die Stadt gefahren, um ein Gefühl für den Ort zu bekommen, und wen sehe ich da vor einem irischen Pub in einen Geländewagen einsteigen? Kein Geringerer als den stellvertretenden Bundesstaatsanwalt Hayes und eine umwerfend attraktive Frau aus dem Nahen Osten. Zu diesem Zeitpunkt wusste ich noch nicht, dass es das Auto deiner Cousine ist. Aber ich wurde neugierig auf Hayes und folgte ihnen.«

»Du machst Scherze«, sagte Olivia.

»Glück ist ein großer Teil dieser Arbeit. Manchmal arbeitet es für dich, manchmal gegen dich. Heute war mein Tag.«

»Wenn Sie allen zur Hütte gefolgt sind, warum haben Sie uns denn nicht bereits dort aufgegriffen?«, fragte Trent.

»Na ja, immerhin wart ihr zu sechst und ich nur ein einzelne Person.«

»Sie hätten Verstärkung anfordern können.«

Sie hörte auf zu klettern und drehte sich zu ihm um. »Ist das Ihr Ernst? Denken Sie wirklich, dass ich hier bin, um euch festzunehmen und auszuliefern? Nein. Erstens hat mein Kollege versucht, Sie zu töten – eigentlich uns alle zu töten. Zweitens werdet ihr jetzt von meiner Agentur gesucht. Irgendwas stimmt nicht mit mir ... Ich *helfe euch.* Also bin ich nicht in die Hütte hineingegangen, weil ich nicht wollte, dass auch nur irgendjemand in D.C. erfährt, dass ich euch gefunden habe.«

»Du wirst uns tatsächlich helfen?«

»Na klar will ich das.« Ich habe ein Geländefahrzeug auf einer Lichtung etwa viereinhalb Kilometer von hier geparkt.«

Olivia betrachtete sie. »Und?«

»Und dann fahren wir es zum Ende des

Wanderwegs zurück, wo ich mein Auto zurückgelassen habe. Dort steige ich aus und ihr könnt euch mein Auto ausleihen. Das mit dem zurückbringen, regeln wir später.«

»Danke Nicole!« Olivia umarmte den Deputy Marshal und drückte sie ganz fest.

Nicole blockierte und klopfte ihr hölzern auf den Rücken. »Jetzt werd mal nicht sentimental mit mir.«

»Sekunde. Haben Sie das gut durchgedacht?«, warf Trent ein. »Verstehen Sie mich bitte nicht falsch, wir brauchen diese Hilfe. Aber Sie sind gerade dabei, Ihre Karriere aufs Spiel zu setzen, Deputy Marshal Reese. Wenn Sie uns ein Fahrzeug leihen, machen Sie sich womöglich strafbar wegen Verfolgungsvereitelung.«

Sie winkte ab. »Ryan Hayes hilft euch, oder? Wenn er sich keine Sorgen macht, mache ich mir auch keine. Außerdem bin ich mit den Marshals fertig. Ich hätte nie gedacht, dass ich das jemals sagen würde, aber die Schweinepriester lassen Dane davonkommen, um mich zu töten? Oh, oh. Nein Danke. Ich habe bereits einen Anwalt für Arbeitsrecht angerufen, um mir bei der Bewältigung meines Ausstiegs zu helfen. Der Marshal Service wird mich so schnell loswerden, dass es Bremsspuren auf ihrem Bankkonto hinterlässt.«

»Wenn Sie sich sicher darüber sind, sollten Sie darüber nachdenken, für Potomac zu arbeiten. Jake ist immer auf der Suche nach klugen, hartnäckigen Menschen mit ethischen Werten. Von dieser Sorte gibt es weniger, als man denkt.«

Nicole grinste. »Nein, Danke. Ich bin fertig mit der Sicherheitsbranche. Ich werde meiner Glückseligkeit in meinem nächsten Lebenskapitel folgen.

»Und das wäre?«

»Nicoles Glückskuchen, eine vegane Cupcakery.«

»Echt?«,

»Warte nur, bis du meine Erdbeer-Cupcakes probiert hast. Du wirst schon sehen. Jetzt setzt euren Hintern in Gang. Ich will noch vor Sonnenuntergang aus dem Wald raus sein.«

Sie verdoppelte ihr Tempo und sie folgten ihr.

14

Nicoles Erdbeer-Cupcakes enttäuschten nicht. Trent und Olivia saßen in Nicoles makelloser Limousine und futterten das Carepaket leer, dass sie ihnen gegeben hatte, bevor sie mit dem Geländewagen abbrauste.

»Kaum zu glauben, dass die vegan sind«, murmelte Olivia und leckte ihre Finger ab.

»Kaum zu glauben, dass Nicole Reese uns gerade ihr Auto gegeben hat«, konterte er.

Olivia tupfte sich Zuckerguss vom Mundwinkel und legte den Kopf schief. »Ich weiß nicht. Ich denke, die Tatsache, dass Dane sie fast getötet hätte, war für sie wie eine Erleuchtung. Ich bin einfach nur froh, dass sie jetzt aussteigt. Die Welt verdient diese Cupcakes.«

Trent grinste über ihre unbeschwerte Stimmung. Sie war zu Recht optimistisch. Sie hatten Essen, einen fahrbaren Untersatz und ein Handysignal. Und vor allem hatten sie den Ansatz für einen echten Plan.

»Jetzt, da du deinen Nachtisch verspeist hast, sollten wir einige Anrufe tätigen.«

Er klappte das Handy auf, aktivierte den Lautsprecher und tippte auf die Kurzwahl 1. Sie beugte sich vor und starrte auf das Display.

»Wen rufst du zuerst an?«

»Wenn ich das mal wüsste«, sagte er Achselzuckend. »Omar hat mir Nummern einprogrammiert, aber ohne sie zu beschriften. Ist auch besser so. Weniger Beweise. Außerdem spielt es keine Rolle. Wir müssen sowieso mit jedem reden.«

Das Telefon klingelte zweimal, dann hob Ryan ab und sprach im Flüsterton. »Hayes.«

»Ich bins, Trent Mann. Warum flüsterst du?«

»Ich weiß nicht. Ich bin kein erfahrener Fassadenkletterer.«

»Ich bin auch da. Du bist auf der Freisprecheinrichtung«, warf Olivia ein. »Wie läuft's so?«

»Wir sind in Sampsons Haus. Leilah hat den SUV in Fahrtrichtung im Leerlauf stehen. Ich habe seine Bibliothek, seinen Schrank und sein Schlafzimmer durchsucht und bin leer ausgegangen. Ich wollte gerade aufgeben und das Haus verlassen, es sei denn, du hast eine brillante Idee.«

Trent schloss die Augen und stellte sich Lloyd Sampson vor. Als er den Mann das letzte Mal gesehen hatte, schlurfte Sampson in Lederpantoffeln durchs Haus und trank teuren Bourbon. Er öffnete die Augen.

»Du hast doch sicher in der Bibliothek die Schreibtischschubladen und alle Bücherregale durchsucht, oder?«

»Sicher.«

»Hast du auch den Barwagen überprüft?«

»Den was?«

»Da steht ein silberner Barwagen am Fenster. Sieh nach, ob du etwas in den Schubladen findest.«

»Sekunde.«

Ryan legte das Telefon hin und Trent hörte, wie er herumkramte.

Einen Moment später kam Ryan atemlos und aufgeregt zurück. »Also da brat mir einer einen

Storch! In den Schubladen war nichts, aber dann hab ich mich auf den Teppich gelegt und die Unterseite des Wagens abgetastet. Da klebte doch tatsächlich ein brauner Umschlag.«

Trent ballte seine Faust. Neben ihm hüpfte Olivia auf ihrem Sitz herum.

»Mach ihn auf.«

»Beruhig dich, das tu ich doch gerade.« Das Geräusch von raschelndem Papier kam durchs Telefon und dann sagte er: »Okay, es ist eine Art Sicherheitstrainings- und Ausbildungsinitiative zwischen dem US-Militär und dem nigerianischen Militär. Es gibt da eine gemeinsame Spezialgruppe, die die Nigerianer bei der Vergrößerung ihrer eigenen Spezialeinheiten berät und unterstützen soll. Ich überfliege das – die meisten dieser Abkürzungen sind für mich wie böhmische Dörfer.«

»Ist schon gut, mach weiter.«

»Dann gibt es da ein Programm, das speziell gegen Boko Haram vorgeht.«

Olivia schnippte mit den Fingern. »Als das Gerücht über die Zusammenarbeit der USA mit Boko Haram kursierte, las ich einen Artikel in der australischen Presse über ein ähnliches Trainingsprogramm zwischen den Australiern und dem Militär in Niger. Der Sprecher kritisierte die Vorstellung, dass die U.S Boko Haram unterstützen würde als absolut lächerlich. Aber ich glaube, ich weiß, wie das Gerücht zustande gekommen sein kann.«

»Nun, spann uns nicht auf die Folter«, sagte Trent.

»Ryan, enthält die Richtlinie irgendwelche Bestimmungen für den Verkauf von Ausrüstung an Nigeria? Das ist doch bei diesen Aus- und Weiterbildungsprogrammen ziemlich Standard, nicht wahr?«

»Richtig«, bestätigte Trent, »Wir arbeiten mit der ausländischen Regierung zusammen, verkaufen ihrer Armee die Ausrüstung und schulen sie dann auf die Benutzung.«

Das Geräusch von umblätternden Seiten knisterte im winzigen Lautsprecher. »Äh, nein … Ich sehe hier keine Vertriebskomponente.«

»Das ist seltsam«, sinnierte Trent. Der Ausrüstungsverkauf bringt stets einen Haufen Geld ein.

»Ich weiß warum«, erklärte Olivia. »Die nigerianische Regierung kauft die Ausrüstung von QL. Wahrscheinlich mit einem riesigen Rabatt.

Deshalb wird Mateo nach Lagos versetzt. QL bietet die Ausrüstung zweifellos so billig an, weil sie einen Nebenvertrag mit Boko Haram haben, um das Militär auszuspionieren und ihre Bewegungen zu melden.«

Ryan fluchte leise.

»So eine Schweinerei«, sinnierte Trent. Er ballte die Fäuste und versuchte, seine aufsteigende Wut zu unterdrücken. Das Leben all dieser nigerianischen Soldaten war in Gefahr.

»Ja, stimmt. Und wenn wir Glück haben, finden Marielle und Omar eine Dokumentenspur, die beweist, dass die CIA und der Geheimdienstausschuss des Senats davon wussten.«

»Also wurde Sampson getötet, weil sie fürchteten, er würde eins und eins zusammenzählen und die Verbindung zwischen Carlas Ermordung und diesem Programm herausfinden«, überlegte Trent.

»Richtig. Der gemeinsame Nenner ist –«

»Townes«, sagten sie alle wie aus einem Munde.

Trents Brust schmerzte. »Und Carla hat es herausgefunden. Oder fast. Also ließ Townes sie hinrichten.«

Olivia griff über die Mittelkonsole und drückte

seine Hand. Er hob ihre Hand zu seinem Mund und küsste sie.

»Ry —« Das Geräusch von klirrendem Glas übertönte alles, was Olivia zu sagen hatte.

»Hayes, alles okay?«

»Da ist jemand.«

»Die Polizei?«

»Nein, das glaube ich nicht. Sie hätten nicht die Küchentür eingeschlagen, um hineinzukommen.«

»Verschwinde. Sofort. Nimm diesen Umschlag und mach das du raus kommst.«

»Roger!«

Er beendete den Anruf. Trent starrte Olivia an und sein Herz raste.

»Wird schon alles gut gehen.« Denk dran, Leilah ist sein Fluchtfahrer.«

»Fluchtfahrerin wolltest du sagen.«

»Natürlich. Aber sie werden schon klarkommen«, versicherte sie ihm.

Er lächelte gezwungen. Er hatte Ryan und Leilah dorthin geschickt, weil sie Zivilisten sind und es ihm als die sicherste Aufgabe vorkam. Sollte seine Einschätzung falsch gewesen sein, wäre er an ihrem Unglück schuld.

Olivia blickte ihn voller Sorge an.

»Du hast recht.«

»Ja. Und schau mal, wir sind den Bösewichten immer noch einen Schritt voraus.«

»Kaum«, konterte er grimmig.

»Wir müssen nicht mit deutlichem Abstand gewinnen. Gegenspionage ist ein Millimeterspiel. Komm, fahr los. Ich rufe die anderen von der Straße aus an.«

Er nickte und drehte den Zündschlüssel. Die Zeit lief ihnen davon.

O livia drückte die Kurzwahl Nummer 2, während Trent um eine Kurve raste. Sie klammerte sich mit der rechten Hand am Griff an der Wagendecke und hielt das Telefon in der linken Hand.

»West.« Jakes Stimme knisterte.

»Es sind Trent und Olivia. Wo seid ihr zwei?«

»Wir haben Omar und Marielle vor etwa dreißig Minuten am Nationalarchiv abgesetzt. Anscheinend haben die Bewohner des Distrikts von Columbia noch kein Memo erhalten, dass heute Samstag ist. Wir sitzen mitten im stockenden Verkehr auf dem George Washington Parkway. Wir sind wahrscheinlich noch eine Stunde vom Catoctin

Mountain entfernt.« Seine Frust sickerte durchs Handy.

»Chelsea, wie geht es dir?«, fragte Olivia.

»Gut. Ich studiere diese Karte von Catoctin Mountain, aber ich bin mir nicht sicher, wie wir Michaels' Camp vor Einbruch der Dunkelheit finden sollen.« Sie war ganz bei der Sache.

»Deshalb rufen wir an. Wir haben eine Spur. Siehst du den Cunningham Falls State Park auf deiner Karte – südlich vom Catoctin Mountain Park, der Teil, der dem National Park Service gehört?«

»Ja.«

»Die beiden Parks sind angrenzend, aber da gibt es ein Stück Land in der südöstlichen Ecke, dort, wo die Grenze wellenförmig verläuft.«

»Ja. Sehe ich.«

»Dieses Stück Land befindet sich in Privatbesitz. Michaels hat dort sein Camp.«

»Das ist eine ziemlich spezielle Spur«, bemerkte Jake. »Verrätst du mir deine Informationsquelle?«

Olivia und Trent tauschten einen Blick aus. Dann sagte Trent: »Michaels' Kollegin. Ein Deputy Marshal.«

»Bist du sicher, dass wir nicht in eine Falle laufen?«

»Nein. Ich bin mir *nicht* sicher. Aber wir können

ihr vertrauen. Sie hat uns ihr Auto geliehen. Wir sind auf dem Weg, euch zu unterstützen.«

»Schlechte Idee, Kumpel. Du bist ein gesuchter Mann, erinnerst du dich?«

»Der Plan war, dass ihr zwei in der Hütte bleibt«, protestierte Chelsea.

»Der Plan hat sich geändert. Die CIA hat Wind von unserem Versteck bekommen und einen Hubschrauber ausgeschickt. Wir mussten verschwinden.«

»Wie ist sowas möglich?«

»Ihr Insider arbeitet nicht mit Boko Haram zusammen, zumindest nicht direkt. Er arbeitet für die Chinesen.«

»Die chinesische Regierung?«

»Qīng Líng, aber du weißt ja ... «

»Es gibt kaum einen Unterschied zwischen Peking und QL.«

»Genau.«

»Mist. Bringt bloß nicht die CIA mit.«

»Wir werden versuchen, es zu vermeiden«, versprach sie.

»Warte, wenn man weder den Marshals noch der CIA trauen kann, was sollen wir tun, wenn wir die zwei Typen und ihr Camp finden? Jedermann-Festnahme?«, fragte Chelsea.

Trent beugte sich vor. »Ich habe einen Plan.«

»Verrätst du ihn mir?«

»Wenn wir bei euch sind. Am besten treffen wir uns im Cunningham Falls Besucherzentrum.«

Er schoss Olivia einen Blick zu und fuhr mit einem Finger über seinen Hals.

»Tschüss, ihr beiden. Sei vorsichtig.«

Sie beendete den Anruf und sah Trent an. »Verrätst du mir diesen Plan?«

Ein Muskel in seiner Wange zuckte. »Lieber nicht. Er ist noch in Arbeit. Außerdem haben wir noch einen Anruf zu tätigen.«

Diese Reaktion war nicht besonders tröstlich. Sie kniff die Augen zusammen und schenkte ihm einen neugierigen Blick. Er pfiff und konzentrierte sich auf die Straße. Sie murmelte etwas und tippte Kurzwahl Nummer 3.

»Allô?«, trällerte Marielle.

»Hallo, ich bins. Wie läuft's so?«

»Wir sind fertig.«

Trent zog die Stirn in Falten. »Schon?«

Omar mischte sich ein: »Sie ist echt irre, Mann. Du hättest mal sehen sollen, wie sie die Information herausgekitzelt hat, die sie wollte. Nadeln, Heuhaufen, kein Hindernis ist vor Elle sicher.«

Elle? Hmm. Soweit Olivia wusste, war sie die einzige Person, die Marielle ›Elle‹ nennen durfte.

»Nun, was macht ihr jetzt?«

»Omar besteht darauf, dass ich Lebensmittel esse, die in einem Lastwagen zubereitet und auch dort verkauft werden. Diese Mission ist gefährlicher, als ich sie mir vorgestellt habe«, scherzte Marielle.

»Die besten Empanadas im ganzen Distrikt", betonte Omar.

»Was ist das hier eigentlich – ein Schulausflug?«, stänkerte Trent.

»Kumpel, entspanne dich. Wir haben kein Auto, schon vergessen? Jake hat uns abgesetzt. Ich bin mir nicht sicher, wie *weit* wir außer Sichtweite bleiben müssen, also wollten wir einen Happen essen und dich dann anrufen. Fordern wir eine Mitfahrgelegenheit an? Nehmen wir die Green Line nach Nord-Virginia und rufen dann jemanden an, um uns mitzunehmen? Mieten wir uns ein Auto?«

»Nein, ihr nehmt die Red Line nach Friendship Heights. Meine Tante Hailey hat dort ein Haus an der Wisconsin Avenue in Chevy Chase. Sie ist nicht da, aber du kannst ihren Kombi nehmen. Ich werde dir die Anschrift und den Garagencode texten. Die Schlüssel hängen am Schlüsselbrett in der Nähe vom Lichtschalter«, wies Olivia an.

»Prima. Wohin fahren wir? Zurück zur Hütte?«

»Nein. Das Versteck in der Hütte ist aufgeflogen, was auch bedeutet, dass du nicht gesehen werden darfst.«

»Verstanden. Also, wo haben wir unser Rendezvous?«

Trent schnalzte mit der Zunge und dachte nach. »Ruf deine Schwester an. Sie und Ryan mussten aus Sampsons Haus flüchten. Sieh zu, dass sie keine Hilfe brauchen und dann macht ihr vier einen sicheren Treffpunkt aus.«

»Was soll das heißen, sie mussten flüchten?« Omar markierte jetzt den großen Bruder.

»Ryan war im Haus und jemand hat das Glas in der Küchentür zertrümmert. Er ist zum Vorderausgang raus und Leilah saß bereits im laufenden Auto. Ich bin mir sicher, dass es ihnen gut geht, aber erkundige dich einfach, okay?«

Trent sprach mit gemäßigter Stimme, aber Olivia merkte, dass er sich dafür ohrfeigte, Ryan und Leilah einer solchen Gefahr ausgesetzt zu haben.

»Wo seid ihr zwei?«, fragte Omar in einem gelasseneren Ton.

»Wir fahren nach Maryland, um Jake und Chelsea zu unterstützen«, unterbrach Marielle, »Will denn *niemand* wissen, was ich herausgefunden habe?«

Olivia konnte den Schmollmund durchs Telefon hören. »Doch, ich, ich will es unbedingt hören.«

»Endlich! Die CREST-Durchsuchungen waren nutzlos. All die guten Sachen waren aus den Berichten gestrichen worden.«

»Hab ich doch gleich gesagt«, knurrte Trent.

Olivia schüttelte den Kopf. »Also, was hast du herausgefunden?«

»Pressemitteilungen der Botschaft für verschiedene gesellschaftliche Veranstaltungen. Einige Leute waren sehr unvorsichtig, sich fotografieren zu lassen.«

Der triumphierende Ton, der in Marielles Stimme erklang, ließ Olivia einen aufgeregten Schauer über den Rücken laufen. »Was hast du herausgefunden?«

»Jillian Martin bei einer Gala mit Abendgarderobe in Abuja, sie steht neben Carla Ricci. Aber ganz rechts sieht man gerade noch im Foto Ron Cumberland stehen. Es wird deutlich, dass die drei miteinander sprachen, kurz bevor der Fotograf die Aufnahme machte.«

»Wer ist Cumberland?«, fragte Trent.

»Der ehemalige NOC, der schon seit Ewigkeiten

in Westafrika war und nun Direktor der MENA-Region ist.«

»Das ist etwas Handfestes«, sagte Olivia zu ihr.

»Warte, das ist noch längst nicht alles.«, versprach Omar.

»Es freut mich, dass deine Freundin ihren eigenen Hypeman an, der für sie die Werbetrommel rührt«, bemerkte Trent neben Olivia.

»Ist doch prima, nicht?«

»Es gibt weitere Fotos von einer Neujahrsparty in der US-Botschaft in Peking.«

»So etwas wie ein chinesisches Neujahrsfest im Februar? Das passt nicht zu unserer Zeitleiste.«

»Nein Liv, vom letzten Tag im Dezember. Und wer glaubst du, posierte mit ihren Champagnerflöten und glitzernden Partyhüten? Jillian Martin, erneut. Wieder mit Cumberland. Aber dieses Mal sieht man sie auch mit ihrem Onkel, dem Senator, sowie mit Grace Yáo und ihrem Vater zusammen.«

Olivias Hals wurde trocken. Adrenalin sauste durch ihre Blutbahn. Sie schluckte schwer und atmete langsam aus. »Marielle, das ist hervorragend. Großartig. Du musst sehr, *sehr* vorsichtig sein, okay? Cumberland hat eine direkte Verbindung zu den Yáos. Und übrigens sind Mateo und Grace Yáo jetzt offenbar verheiratet. Innerhalb von einer halben Stunde nach meinem Telefongespräch mit Mateo flog ein Heli über unseren Köpfen.«

Omar pfiff. »Wir müssen runter von der Straße.«

»Ja, vielleicht bekommst du einen Gutschein für diese Empanadas«, schlug Olivia vor.

Trent zog die Stirn in Falten. »Bleib cool, Khan.«

15

Trent trat aufs Gas und brachte Nicole Reeses Auto an seine Grenzen. Olivia hielt sich am Griff fest, als ob es um Leben und Tod ginge und nach einer Stunde und vier Minuten fuhren sie auf den Parkplatz bei Cunningham Falls. Es war keine persönliche Bestzeit, aber er war zufrieden, dass er den goldenen Mittelweg gefunden hatte, eine angemessene Geschwindigkeit zu halten und nicht von einem Streifenwagen angehalten zu werden.

»Puh, die Straße war kurvenreich«, stöhnte Olivia.

Trent betrachtete diese Beschwerde als Ehrenabzeichen. Er suchte den Parkplatz nach

Chelseas Geländewagen ab und schaltete den Motor aus. »Scheint, als ob wir Jake und Chelsea geschlagen hätten?«

»Wir hatten nicht mit dem zähflüssigen D.C.-Verkehr zu kämpfen.«

»Das stimmt.«

»Wir könnten die Zeit damit verbringen, indem du mir von deinem Plan erzählst«, schlug sie vor.

»Äh. Könnten wir. Oder ... «

»Oder?«

Er grinste sie an. »Du hast mir gesagt, ich soll alles einpacken, was ich in der Hütte finden kann.«

»Ja, daran erinnere ich mich. Und?«

»Ich war mir nicht sicher, ob wir die Nacht im Freien verbringen würden, also habe ich mir die Ganzkörperwärmer geschnappt.« Er hob eine Augenbraue an.

Sie starrte ihn für ein paar Sekunden an und brach dann in Gelächter aus. »Du hast diesen Umschlag gefunden?«

»Deine Cousine muss ein Girlscout gewesen sein, allzeit bereit, immer und auf alle Situationen vorbereitet.«

Ihr Lachen verblasste. »Ich glaube nicht, dass sie darauf vorbereitet war, dass Jake wieder in ihr Leben tritt.«

Er musterte sie und das durchaus scherzhafte Angebot eines Quickies war vergessen.

»Ja. Ich habe nicht die ganze Geschichte mitbekommen, aber es klingt, als hätte sie ihm wirklich das Herz gebrochen.«

»Sie hat *ihm das* Herz gebrochen?«

Oh, oh.

»Ich vermute, dass du eine andere Version der Fakten gehört hast.«

»Mm-hmm.«

Die Temperatur im Auto fiel um etwa zehn Grad. Wenn sie noch eisiger würde, bräuchte er wirklich einen Körperwärmer, aber nicht von der Art, die er im Sinn hatte. Er dachte über ein sichereres Thema nach und platzte schließlich in seiner Verzweiflung mit seinem Plan heraus.

»Chelsea hat recht, wir brauchen einen Plan, um Martin und Michaels dingfest zu machen, aber wir können nicht einfach die örtliche Polizei anrufen und auf das Beste hoffen.«

»Wir könnten sie umbringen.«

Er sah sie schockiert an.

»Entspann dich, es war ein Scherz!«

»Puh, dann ist ja gut. Ich fing schon an, mir Sorgen zu machen.«

»Ja, das hab ich gesehen. Also, wie sieht dein

nicht-mörderischer Plan aus?«

»Wir müssen dafür lügen«, sagte er, um das Terrain zu sondieren.

»Trent, ich habe drei Jahre lang als illegale Agentin gearbeitet. Lügen ist wie Atmen.«

»Bist du sicher, dass dies die Botschaft ist, die du einem Mann zu Beginn einer neuen Beziehung übermitteln möchtest?«

»Wenn dieser Mann die Hälfte eines Undercoverteams im schwarzen Geschwader war, ja, dann habe ich keine Probleme mit dieser Botschaft.«

Er lachte düster. »Gut, das stimmt. Aber lass uns einen Deal machen. Wir mögen beide professionelle Lügner sein, aber das ... uns ... ist doch anders, oder?«

Sie blickte ihn liebevoll an und beugte sich zu ihm herüber. »Trent Mann, ich werde immer ehrlich zu dir sein, was uns anbelangt.«

Schon wieder lief er Gefahr, in ihren Augen zu ertrinken. »Gut«, flüsterte er. »Ich auch. Immer.«

Sie bewegten sich aufeinander zu, trafen sich in der Mitte und besiegelten ihre Zustimmung mit einem langen, harten Kuss. Ihre Lippen öffneten sich, um seine Zunge aufzunehmen, und er fuhr mit den Händen durch ihr glänzendes Haar.

Ein harter Schlag ans Fenster der Fahrerseite,

sodass beide erschreckt hochfuhren und mit der Stirn zusammenstießen.

»Öffentliches Ärgernis, nehmt euch ein Zimmer«, rief Chelsea vom Parkplatz aus, während Jake mit dem Finger auf sie zeigte und lachte.

»Die zwei passen wirklich zusammen«, murmelte Trent und rieb sich den Kopf, als er aus dem Auto stieg.

Die vier stellten sich zwischen den beiden Fahrzeugen zusammen.

Trent begann. »Also das ist mein Plan. Nachdem wir das Versteck von Dane Michaels und Craig Martin gefunden haben, wandern wir hinüber zur Grenze von Camp David.«

»Was?«, fragte Chelsea.

»Die Erholungsanlage des U.S-Präsidenten befindet sich irgendwo im Catoctin Mountain Park. Dieser Ort ist auf keiner Karte eingezeichnet, aber er ist über Satellit erkennbar«, erklärte Olivia.

»Und man kann ziemlich einfach herauszufinden, wo genau es ist. Wenn man zu nahe herankommt, bitten dich äußerst höfliche Marines mit automatischen Waffen darum, zu gehen«, fügte Trent hinzu.

»Wenn der Präsident da ist?«

»Nein, immer«, versicherte ihr Trent. »Also

werden wir die Aufmerksamkeit der Marines auf uns ziehen und ihnen erzählen, dass zwei Männer in einer Hütte in der Nähe von Cunningham Falls damit prahlen, wie sie es geschafft haben, mehrfach ins Camp David einzubrechen.«

»Und dann? Stürmen die Marines Michaels Hütte?«, fragte Jake.

»Ja.«

»Und wenn sie es nicht tun?«

»Sie werden.«

»Und was dann?«

»Sobald sie dort sind, sagen wir einfach die Wahrheit. Wir erzählen ihnen, dass Martin und Michaels in mehrere Morde verwickelt sind und für die Chinesen spionieren. Von dort übernehmen sie dann.«

»Das ist absurd«, erklärte Jake.

»Absurd, wirklich?«

»Okay, gefällt dir lächerlich besser? Grotesk? Unsinnig?«

Trent biss sich auf die Zähne.

»Hoppla«, sagte Olivia und stellte sich zwischen die beiden Männern. »Schaltet mal nen Gang runter ihr zwei. Beruhigt euch.«

»Warum glaubst du, dass sich diese Marine Security Force auf deinen Plan einlassen werden, Trent?«, wollte Jake wissen.

»Nun, weil sie Patrioten sind. Aber auch, weil Camp David offiziell eine Marineanlage ist. Diese Marines unterstehen einem Befehlshaber der U.S.-Marine. Sobald er hört, dass die beiden für den Mord an Konteradmiral Sampson verantwortlich sind, kannst du sicher sein, dass sie sich um Martin und Michaels kümmern werden.«

Chelsea saß auf einer niedrigen Steinmauer und ließ die Beine baumeln. »Mal ehrlich, dieser Plan klingt plausibel.«

Jake hob die Hände in die Luft. »Ich denke, es ist besser als *gar kein* Plan.«

»Du fühlst dich nur ausgeschlossen, weil die Fliegerjungs nicht zu unserer Rettung kommen können.«, stachelte Trent.

»Ja, sicher, genauso ist es. Das ist nur eine alte Rivalität zwischen Militärbranchen«, schnauzte Jake.

Olivia klatschte in die Hände. »Nun, da das geklärt ist, warum führen wir nicht den ersten Schritt dieses Plans durch und finden diese verfluchte Hütte?«

Die Hütte zu finden war ein Kinderspiel für Jake und Chelsea. Olivia und Trent blieben ein paar Schritte zurück und ließen die beiden über plattgedrücktes Gras, zertretene Pflanzen und Schuhabdrücke quasseln. Plötzlich sah Chelsea etwas, das sie voranlaufen ließ. Sie stellte sich auf einen glatten Felsen und überschaute das Tal durch ihr Fernglas.

Nach einer Weile drehte sie sich um und wedelte mit den Armen. Trent, Olivia und Jake joggten zu ihr hin.

»Was ist los?«, fragte Jake und nahm sein eigenes Fernglas heraus.

»Hinter dem Buchenwäldchen befindet sich ein Bauwerk.«

Trent schielte durch den Schirm von hohen, dünnen Bäumen und ihren frühen Frühlingsblättern. Er wollte gerade den Kopf schütteln und sagen, er würde nichts sehen, als er durch ein Licht, dass sich in einem Fenster widerspiegelte, geblendet wurde. »Ich sehe es.« Da ist ein Fenster.«

»Diese Narren haben Glas benutzt«, sagte Jake kopfschüttelnd und wandte sich dann mit einem breiten Grinsen an Chelsea. »Gut gemacht.«

Chelsea lief rot an. »Danke.«

»Wow, und ich habe schon gedacht, du wärest Meisterin im Erröten«, sagte Trent zu Olivia.

Sie zog die Augenbrauen hoch und verzog die Lippen zu einem Schmunzeln. »Wer, ich?«

»Ja, du. Ich kann dir das mal vorführen.«

Er langte in seine Jackentasche und formte das Wort »Kondome« mit seinen Lippen. Sie schlug seine Hand weg, als die verräterischen rosa Flecken von ihrem Hals bis zu ihren Wangen wanderten.

»So viel zu diesem Thema.«

Jake drehte sich zu ihnen um. »He, ihr da hinten auf den billigen Plätzen, hört auf, rumzualbern. Wir müssen in Ruhe herausfinden, wie wir jetzt vorgehen.«

Er hatte recht. Die Hütte schien weit weg zu sein, getrennt durch den steilen Berg und die Baumreihen. Aber in Wirklichkeit war es näher, als es aussah.

Trent räusperte sich und flüsterte. »Olivia und Chelsea sollten jetzt die Aufmerksamkeit der Patrouille in der Nähe von Camp David auf sich ziehen.«

»Olivia und Chelsea?«, wiederholte Olivia leise. »Warum nicht Trent und Jake? *Ihr zwei* seid doch Waffenbrüder oder was auch immer, nicht wir.«

»Ja, aber ihr zwei seht hübscher aus. Und die Gefahr, auf Sicht erschossen zu werden ist eindeutig geringer«, konterte Jake, als Chelsea grundlos errötete.

Olivia streckte ihr Kinn vor. »Dieser Plan stinkt. Ich bin nicht so weit gelaufen, um einen Botengang zu machen, während ihr zwei Michaels und Martin dingfest macht«, schnauzte sie.

Trent seufzte heftig. Er hatte es geahnt, dass dies ein Knackpunkt sein würde. Aber er sah keinen klaren Kompromiss, mit dem sie alle leben konnten. »Schau mal–«

Plötzlich prasselte ein Kugelhagel in die Bäume hinter ihnen und der Knall eines Gewehrschusses ertönte im Tal.

»In Deckung!«

Jake schlug Chelsea zu Boden und bedeckte ihren Körper mit seinem. Olivia fiel zu Boden und kroch auf dem Bauch zur Vorderseite des Felsens. Sie stützte sich auf die Ellbogen und richtete ihre .45 ACP ins Tal.

Trent trat nach rechts, suchte Deckung hinter einem Espenbaum und bereitete seine 9 mm Pistole vor. Die Handfeuerwaffe war nicht die Distanzwaffe seiner Wahl, aber unter der Annahme, dass der oder die Schützen in der Nähe der Hütte in Deckung gingen, musste er nur etwa achtzig Meter weit schießen. Und er stand höher. Außerdem wusste er, dass er der beste Scharfschütze auf der ganzen Welt war – oder zumindest in Nordamerika. Er war mit seinem Vorteil zufrieden.

Ein weiterer Kugelhagel bespritzte die Bäume und verriet die Position des Schützen. Trent erriet den Körperbau des Schützen.

Groß, schlank. Michaels.

Trent schwenkte um, atmete tief ein und hob seine Waffe an. Dann hielt er den Atem an und feuerte, wobei er genau auf die Mitte zielte. Er atmete aus und beobachtete, wie Michaels rückwärts schwankte und dann zurückschoss.

Er trägt eine kugelsichere Weste.

»Kevlar!«, schrie Trent Olivia zu, die, ohne sich umzudrehen, nickte.

Jake zog Chelsea in die Bäume zu Trents linken und flüsterte ihr etwas zu. Sie nickte und lief im Zickzack-Muster los. Jake nahm seine Sig Sauer aus dem Holster und krabbelte in Richtung Trent.

»Nur der eine?«

»Bisher. Es ist Michaels. Wo läuft Chelsea hin?«

»Dein Superplan ist angesichts der Umstände

etwas weniger super. Ich habe ihr genau gesagt, an welcher Stelle sie die Marines aus Camp David herausholen soll.«

»Und woher weißt du das?«

Jake grinste und flüsterte: »Ich bin ein- oder zweimal mit dem Boss hierher geflogen.«

»So hältst du dein Team auf dem Laufenden, West.«

»Ich hätte es dir bestimmt irgendwann erzählt.«

»Warum schießt Michaels nicht?«

»Ich weiß nicht. Ich mache mir mehr Sorgen darüber, wo Martin ist. Er ist zwar ein Technikfreak, aber er hat eine Grundausbildung gemacht. Er wird wissen, wie man eine Waffe abfeuert.«

Olivia bewegte ihren Kopf ruckartig in Richtung des hohen, struppigen japanischen Stelzengrases, das die Seite des Hügels zierte. Sie drehte sich zu Trent und Jake um, deutete auf das hohe Gras und legte dann einen Finger auf ihre Lippen. Trents Herz hämmerte wie wild, als sie plötzlich in geduckter Stellung zu dem Hügel schlich.

Sie blickte nach unten und hob dann einen Finger in die Luft. Sie ging an den äußersten Rand des Kamms und feuerte einen Warnschuss ab. Ein gedämpfter Fluch ertönte aus dem Unkrautbüschel. Sie tauchte im Gebüsch unter.

»Was tut sie da?«, schimpfte Jake.

»Ich vermute mal, Martin in den Arsch treten und Nägel mit Köpfen machen. Gib mir Deckung.« Trent sprintete in die Richtung des Tohuwabohu, das Olivia sichtlich zu gewinnen schien.

Als Trent den Hügel hinunterrutschte, fand er Olivia auf Craig Martins Rücken sitzend, mit der Waffe gegen seine Schläfe gedrückt.

»Übernimmst du?«, fragte sie und stellte sich auf.

Als Antwort zog Trent Craig Martin auf die Füße und drückte ihn an den Felsenrand.

»He, Michaels, komm hoch, hol dir deinen Jungen ab.«, rief er.

Martin spuckte vor Trents Füße in den Schmutz. Trent verpasste ihm einen Faustschlag gegen den Kopf.

»Das ist unhöflich.«

Michaels drückte sich gegen die Hüttenwand.

»Ich glaube, er hat keine Munition mehr«, rief Olivia Jake zu. »Schau nach, ob er neu lädt.«

Michaels schien keine Munition mehr zu haben. Doch anstatt nachzuladen, warf er das Gewehr zur Seite und fing an, um sein Leben zu laufen. Jake schoss vor Michaels Füßen in den Boden. Tot war er wertlos und lebendig von unschätzbarem Wert. Sie mussten ihn aufhalten, ohne ihn zu töten.

Jake feuerte weiter und Michaels rannte weiter. Als Trent erkannte, was Jake vorhatte, brach er in schallendes Gelächter aus. Jake jagte Michaels direkt in den Weg von vier Marines mit Sturmgewehren, die mit Chelsea im Gefolge zur Hütte liefen.

16

Zehn Tage später

Sie feierten in Leilah Khans Garage, was an und für sich seltsam gewesen wäre, wenn Leilahs Garage nicht inmitten eines privaten Rennclubs gelegen wäre, der jedem noblen Country-Club das Wasser reichen konnte und ihre zahlreichen Autos in schöneren Unterkünften lebten als jeder einzelne Gast auf der Party – einschließlich Leilah selbst. Die Anzahl der Schlafzimmer-Suiten, die das Loft der Garage säumte, war ein weiterer Vorteil der Lage. Sie konnten feiern und dann in den Wohnungen übernachten.

Omar entkorkte eine Flasche Champagner mit

einem raffinierten *Plop* und füllte reihenweise die Gläser. Marielle teilte die Champagnerflöten aus und forderte alle auf, auch ein perfektes pastellfarbenes Macaron zu nehmen.

Olivia knabberte daran. »Hast du jetzt endlich eine *Patisserie* gefunden, die diese nach deinen Anforderungen herstellt?«

Marielle lachte herzlich und drückte ihre Brille auf die Nase zurück. »Nein, eigentlich hat sie Omar gemacht.«

Leilah drehte sich in Zeitlupe um und die Kinnlade klappte herunter. »Nicht zu fassen.«

»Doch, doch, ich schwöre!«

Omar zuckte mit den Schultern. »Schuldig im Sinne der Anklage. Als wir an diesem besagten Tag in D.C. waren, erwähnte Elle, diese Dinger zu mögen. Sie hätte gerne einen Abstecher zu dieser Konditorei in Georgetown gemacht, die zwar *okay* ist, aber keine großartigen Macarons macht. Ich wusste nicht einmal, was das ist, aber dann dachte ich, es kann doch nicht so schwierig sein?«

Olivia hob eine Augenbraue an und knabberte weiter. »Ich bin beeindruckt.«

»Ich bin misstrauisch«, konterte Leilah. »Wahrscheinlich hat er einen französischen Koch gefunden, der sie für ihn gemacht hat.«

»Nein, habe ich nicht, Schwesterherz. Ich bin ein Mann mit zahlreichen Talenten.«

Leilah spitzte die Lippen. »Wie auch immer, lassen wir mal Omars *angebliche* Talente beiseite und uns auf Ryans *tatsächlichen* Sieg anstoßen. Auf Ryan, der Anklage gegen einen CIA-Direktor, einen US-Marshal, Jillian und Craig Martin und einen ganzen Haufen korrupter Senatoren erhoben hat.«

Sie stießen an. »Auf Ryan.«

Er nahm einen Schluck Champagner und sagte dann: »Im Ernst Leute, das war Teamleistung. Und was für ein Team. Von Leilahs perfekter Fluchtfahrt, um Cumberlands Schläger abzuhängen, über Marielles und Omars hervorragenden Nachforschungen bis zu Chelseas und Jakes ausgezeichneten Spürnasen, hat jeder seinen Teil zur Vollendung beigetragen.«

»Ähem«, hüstelte Trent.

»Oh, richtig, und wer könnte Trent und Olivia vergessen, ohne die niemand von uns erst gar nicht in diesen Schlamassel geraten wäre?«, stichelte Ryan.

Olivia verdrehte die Augen und trank ihren Schaumwein.

Trent beugte sich vor. »Er gibt mir viel zu viel Anerkennung. Wir wissen beide ziemlich genau, dass wir diesen Schlamassel nur dir zu verdanken haben.«

»Zu gütig.«

Ryan machte sich auf den Weg zu den beiden, die in der Ecke der Garage standen. »Du weißt schon, dass ich nur scherze, oder?«

»Wissen wir«, versicherte Olivia. »Aber glaubst du, dass einer dieser Leute tatsächlich ins Gefängnis wandern wird? Martin und Michaels sicher, aber sie haben nur die Drecksarbeit für die anderen gemacht.«

Ryan richtete seinen Blick auf sie. »Ich versichere dir, dass *viele* bedeutende Menschen *viel* Zeit im Bundesgefängnis verbringen werden, und das haben sie dir und Trent zu verdanken.«

Trent legte einen Arm um Ryans Schulter. »Und wir wissen, dass wir uns darauf verlassen können, dass Sie diese Verurteilungen erreichen werden, Herr Staatsanwalt.«

»Was das anbelangt –«. Ryan schoss Jake einen ernsten Blick zu.

Olivia legte als Reaktion darauf die Stirn in Falten und sah Trent an, der mit den Achseln zuckte.

Jake, der beim Dartspiel haushoch gegen Chelsea verloren hatte, räusperte sich. »Diese Party dient einem doppelten Zweck. Potomac hat einige

Neueinstellungen gemacht, auf die ich besonders stolz bin.«

Alle blickten einander fragend an.

Jake hielt eine Hand hoch und begann, an den Fingern abzuzählen.

»Erstens kommt Ryan als unser Justiziar an Bord.«

»Tatsächlich?« fragte Leilah.

»Ja. Diese Sache hat mich verärgert, was die politische Seite des Justizministeriums anbelangt. Anstatt den Fall zu verfolgen, haben sie versucht, ihn zu beseitigen. Ich arbeite lieber für Jake, von dem ich weiß, dass er im Interesse der Gerechtigkeit handelt.«

»Cool«, sagte Trent. »Freut mich, dich an Bord zu haben.«

»Ich kann es nicht glauben, Kumpel!« sagte Omar enthusiastisch.

Damit komme ich zu einem zweiten Neuzugang. Omar ist es leid, leere Lagerhallen zu überwachen und so zu tun, als sei er ein Drogenabhängiger. Daher wird er seine beachtlichen Fähigkeiten in das Ressort Sicherheit und Ermittlungen von Potomac einbringen.«

»Fein!«

»Moment, ich bin noch nicht fertig. Marielle

schließt sich uns als digitale Chefanalytikerin und virtuelle Ermittlerin an *und* Olivia kommt an Bord, um mit Trent und Omar zusammenzuarbeiten.«

»*Nur,* wenn du bestätigst, dass es kein Verbrüderungsverbot gibt«, erinnerte Olivia Jake.

»Du darfst dich weiter mit Trent verabreden, aber, wie Chelsea sagen würde, tut uns allen einen Gefallen und nehmt euch ein Zimmer.«

Alle brachen in schallendes Gelächter aus und Marielle rief Olivia zu: »Ich bin ja so glücklich, dass wir wieder zusammenarbeiten werden.«

»Ich auch! Und ich bin froh, dass du aus diesem Schlangennest herauskommst.«

Der Geheimdienst war nach Cumberlands Verhaftung in Aufruhr, und eine Menge Analytiker machten Elle für ihre Beteiligung daran verantwortlich.

»Aber diese Sache mit dem Dating zwischen Kollegen, das gilt doch für alle und nicht nur für dich und Trent, oder?«, flüsterte Elle.

Olivia legte den Kopf schief. »Ich denke schon. Wieso?«

»Nur so.«

»Aha.«

Leilah stupste Chelsea mit dem Ellbogen an.

»Ich weiß nicht, was du darüber denkst, aber irgendwie fühle ich mich ausgeschlossen.«

»Ich nicht«, sagte Chelsea mit großen Augen. »Ich habe keinen Bedarf darauf, noch einmal beschossen zu werden.«

»Ja, das ist wohl wahr. Oh, du brauchst mehr Champagner.« Sie füllte Chelseas Glas auf und schoss Trent einen vielsagenden Blick zu. »Braucht noch jemand Nachschub? Omar öffnet noch eine Flasche.«

»Worum geht es eigentlich?«, fragte Olivia Trent, als Leilah allen frische Champagnerflöten in die Hand drückte.

Trent räusperte sich. »Nun, wie bereits gesagt, es ist in der Tat eine Mehrzweck-Party. Wir feiern Ryans Sieg, Jakes Einstellungsrausch und ... nun schließ die Augen, Olivia.«

Sie starrte ihn an. Er starrte zurück, ungewöhnlich ernst, ohne ein Lächeln. Sogar ängstlich. Obwohl es ihr mulmig wurde, tat sie, was er verlangte. Sie hörte Geflüster und dann einen leisen Knall vor ihren Füßen.

»Okay, öffne sie und schau nach unten.«

Sie öffnete die Augen und sah eine gewölbte Holzkiste mit kunstvoll geschnitzten Verzierungen an der Seite vor ihr stehen. Sie blickte Trent an.

»Ist das – ist das die Aussteuertruhe meiner Großmutter?«

»Ja. Machst du sie auf?«

Ihr Herz klopfte bis zum Hals, als sie langsam den Riegel löste, den Deckel hob und auf das dünne, rechteckige Kastanientablett starrte, das in die rechte Seite der Kiste eingelassen war. Auf dem Tablett lag das Ringkissen aus weißer Spitze, von der Hochzeit ihrer Großeltern, das im Laufe der Jahre vergilbt war. Und auf dem Kissen lag ein goldener Ring mit einem großen, dicken, strahlendblauen Saphir in der Mitte.

Sie schüttelte den Kopf. »Ich verstehe nicht.«

Trent zupfte den Ring aus dem Kissen und ging auf die Knie.

»Ich habe Dir an diesem Tag in der Hütte gesagt, dass sich dein Ex-Mann geirrt hat. Mein größter Wunsch ist, mit dir als dein Partner durchs Leben zu gehen, natürlich nur, wenn du mich haben willst. Du bist intelligent, stark, mitfühlend, herausfordernd und furchtlos. Und du hast die unglaublich schönsten blauen Augen, die ich je gesehen habe. Sie haben genau die gleiche Farbe wie dieser Stein. Als ich ihn gesehen habe, wusste ich genau, dass dieser Ring für dich gedacht war. Ich weiß, dass dies etwas schnell geht, wirklich schnell ist, aber ich bin mir sicher. Olivia, willst du meine Frau werden?«

Sie starrte auf den Ring in Trents Hand. Sie konnte nicht denken. Sie konnte nicht sprechen. Sie nahm an, dass sie atmen muss.

Schließlich sagte Marielle: »Olivia, sag etwas. Der Champagner verliert die Sprudelwirkung, während du versuchst, dich zu entscheiden.«

Dann platzte etwas heraus. »Nein.«

»Nein?«, wiederholte Trent.

»Nein, nicht *nein*. Nein, ich versuche nicht, mich zu entscheiden. Ich weiß. Ich kann ... ich kann es nur einfach nicht glauben.«

Er schnitt eine Grimasse. »Ist das ein ... ja?«

»Ja! Ja, es ist ein Ja!«

»Hat aber lange gedauert«, sagte Chelsea aus dem Mundwinkel heraus.

»Äh, es hat Spaß gemacht, Trent beim Schwitzen zuzusehen«, sagte Jake.

Trent stellte sich hin und nahm Olivias Hand in seine. Er steckte ihr den Ring an den Finger und das ungewohnte Gewicht verriet ihr, dass es kein Traum war. Es war Wirklichkeit.

Als ihre Freunde die Gläser hoben, trat Olivia nach vorne und legte ihre Hände auf Trents

Wangen. »Tut mir leid, dass ich so lange gebraucht habe, um zu antworten. Du hast mich überrascht.«

»Ist schon gut. Du überraschst mich jeden Tag.«

Er zog sie an sich heran und bedeckte ihren Mund mit seinem. Sie schmeckte Champagnerbläschen, zuckerhaltige Kekse und Trent. Sie warf ihre Arme um seinen Hals und drückte sich ganz fest an ihn, hungrig auf mehr.

»Nehmt. Euch. Ein. Zimmer«, rief Chelsea.

»Tolle Idee«, entgegnete sie.

Dann zog sie Trent an der Hand die Treppe hinauf zu den Loft-Wohnungen.

K licken Sie hier, um sich für meinen Newsletter anzumelden!

ÜBER DIE AUTORIN

USA Today Bestsellerautorin Melissa F. Miller wurde in Pittsburgh, Pennsylvania geboren. Obwohl das Leben und die Liebe sie nach Philadelphia, Baltimore, Washington, D.C. und schließlich nach South Central Pennsylvania geführt haben, ist Pittsburgh insgeheim immer noch ihre Heimat.

Im College studierte sie englische Literatur mit den Schwerpunkten Schreibpoesie und mittelalterliche Literatur und war nach ihrem Examen schockiert, als sie erfuhr, dass es dafür keine Stellen auf dem Arbeitsmarkt gab. Nachdem sie mehrere Jahre als Redakteurin gearbeitet hatte, kehrte sie zur Universität zurück, um ein Jurastudium zu absolvieren. Sie war eines dieser nervtötenden Strebermädchen, das den Unterricht liebte und immer ihre Hand hob. Sie praktizierte fünfzehn Jahre lang als Juristin, unter anderem als Mitarbeiterin eines Bundesrichters, fast ein Jahrzehnt als Anwältin bei großen internationalen Anwaltskanzleien und leitete viele Jahre eine zweiköpfige Anwaltskanzlei mit ihrem Ehemann, der ebenso Anwalt ist.

Jetzt, angetrieben von Kaffee, schreibt sie Justiz-Thriller und unterrichtet ihre drei Kinder zuhause. Wenn sie nicht schreibt, aber manchmal auch, wenn sie es tut, reist Melissa mit ihrem Mann, ihren Kindern, ihrem Hund und ihrer Katze in einem Wohnmobil durch das Land.

Kontaktieren Sie mich:
www.melissafmiller.com